命运序列

墨熊 / 著

图书在版编目(CIP)数据

命运序列 / 墨熊著. -- 沈阳：万卷出版有限责任公司, 2024.9
ISBN 978-7-5470-6325-5

Ⅰ.①命… Ⅱ.①墨… Ⅲ.①幻想小说-小说集-中国-当代Ⅳ.① I247.5

中国版本图书馆 CIP 数据核字 (2023) 第 127329 号

出 品 人：王维良
出版发行：北方联合出版传媒(集团)股份有限公司
　　　　　万卷出版有限责任公司
　　　　　（地址：沈阳市和平区十一纬路 29 号　邮编：110003）
印 刷 者：三河市九洲财鑫印刷有限公司
经 销 者：全国新华书店
幅面尺寸：145mm×210mm
字　　数：210 千字
印　　张：8
出版时间：2024 年 9 月第 1 版
印刷时间：2024 年 9 月第 1 次印刷
责任编辑：王　越
责任校对：张　莹
封面设计：仙　境
ISBN 978-7-5470-6325-5
定　　价：45.00 元
联系电话：024-23284090
传　　真：024-23284448

常年法律顾问：王　伟　版权所有　侵权必究　举报电话：024-23284090
如有印装质量问题，请与印刷厂联系。联系电话：0316-3170279

目录 / Contents

幻影飞行 001
有的时候白鸟觉得,她并不是锁在笼子里的金丝雀——她就是笼子本身。

春晓行动 057
它更配得上这个世界。

风起时 099
"极乐净土?那是哪儿啊?"

暴走节点 147
我一直相信,若电脑也有良知,它一定比人类做得更好。

命运序列 217
对于被生产出来的女孩来说,那颗足球大小的金属脑袋上的生产序列号,就是整个未来。

幻影飞行

  有的时候白鸟觉得,她并不是锁在笼子里的金丝雀——她就是笼子本身。

一　回忆

"我把扫描的图像传给你，孩子，这用不了几秒钟的时间。"在中国人那刻意压抑过的平静语句中，女孩还是听出那么一丝惋惜。

"我得承认，有生以来我还是第一次这么想要与我的对手见面。我很想见见你的样子，看看你到底是一个怎样的小家伙。事实上，在和你交手的几分钟里，我一直在想，他们究竟用了什么办法，把一个小姑娘变成了如此令人敬畏的战士？啊，算了，"即便是通过无线电通话，他的叹息声依旧绵长而沉重，"万物皆为因果，今天能在这片天空下与你相遇，我感到很荣幸。我猜那一定是只属于王牌飞行员的缘分吧？我不知道你的真名，但是白鸟，我祝福你也同样能够得到上苍的眷顾。杨戬，离线。"

对话戛然而止，杨戬那骄傲的战机在艳阳下侧向旋转一周——向女孩示意之后，便带着胜利者的喜悦与寂寞，转瞬消失在下方云海，只留下不知所措的她，和她机载电脑上所映出的，那个令人绝望的真相。

女孩思考着杨戬的话，看着他传来的图像——也许这个中国人说得没错,"万物皆为因果",她试图寻找这一切的缘起,于是在混沌的思绪之中,无数属于过去的画面又一遍遍地在她脑海里打转。她想哭,却不知道应该从何开始。

哦,是的,女孩偶尔还能记起那一天。

很多年以前,在模糊的记忆深处,在那个海边的小镇。

碧蓝的水,耀眼的天,精巧细致的贝壳,鬼斧神工的珊瑚,还有古铜色的美丽微笑——那正是她的故乡。

一个宛若天堂的地方。

还记得那天涨潮的时候,海水漫过了草屋的木头支脚,少女坐在门槛上,手里捧着椰果,像往常一样,看着沙滩上的寄居蟹——这些可爱的小生灵,仿佛天边多变的云彩,来来回回,时聚时散。

女孩已经想不起来了,究竟是从什么时候开始,她渐渐遗忘了这一切,它们掉在地上,落在海里。这些消失的记忆,就像那天海平线上的夕阳,一去不返,只留下支离破碎的片片霞光,不时地在心间闪耀。

最后的印象,是两架飞机从头顶匆匆掠过,伴着刺耳的尖啸划破长空,为昏黄的苍穹刻上两道平行线。

女孩抬起头,看着它们。

而在那一刹那,它们也同样回望着女孩。

二　躯壳

　　宽阔的跑道尽头，一轮斜阳正慢慢滑下海平面，漫天的晚霞，把不远处的塔台染成了耀眼的金黄。两架棱角分明的钢铁雄鹰被拖车缓缓拉进机库，而在另一边，两架型号外貌完全一样的 J21 啸叫着滑出跑道，像两柄利剑直冲云霄。

　　仅仅是在演习开始的两天前，世界还是女孩所熟悉的那个样子。飞行，训练，沉睡，然后等待下一次醒觉，周而复始——作为 ZOMBIE 系统的参与者，她没有太多的选择，甚至连闲暇之余的胡思乱想，都是一件相当奢侈的事情。

　　况且，一个带着支离破碎记忆的灵魂，一个束缚在钢铁牢笼中的身体，即便有再多属于自己的时间，换来的也只能是空虚与迷茫。对现在的她来说，自由本来就是一个虚幻的泡影。

　　在完成第四阶段的治疗之前，她和另外三个女孩，就只能蜗居在那名为"J21 全天候制空战斗机"的金属躯壳中，履行自己与卡奥斯监察军的契约——用战斗机飞行员的身份参与 ZOMBIE 系统的试验，以换取有一天能够听到"你已经被治好了"的小小希望。

　　听起来并不是特别公平的交易，不过与全世界其他处在深度昏迷状态中的植物人相比，仅仅是这点小小的希望，就已经算是无价的报偿了。

　　"今天也辛苦你了，白鸟。"

听到这熟悉的声音，女孩连忙转动机鼻下方的摄像头，寻找说话者的位置。

"一想到你也要退役，我就觉得有些可惜呢。"

这个站在进气口前、对着镜头微笑着的年轻女人，一身监察军航空队的制式套服，但也许是身材窈窕的缘故，与那些在机库里上下忙碌的地勤相比，这件制服穿在她身上显然更加耐看。

她名叫丽萨，整个"彩虹公主队"的技术顾问，也是白鸟结束第一阶段治疗、脱离植物人状态之后，认识的第一个、可能也是唯一的一个朋友。

白鸟明白，对自己来说，退役并不是结束，恰恰相反，那意味着第四阶段治疗取得了进展，她与监察军之间的契约也将随之完结。

"那样……那样的话，我会想你的。"

从来就不善言辞的女孩，透过电子合音器发出了呢喃，断断续续的语态，让人即便看不见，也能想象出那羞怯的样子。

只是不知为何，丽萨并没有像往常那样被这种可爱的表白逗乐，反而若有所思地叹了口气，"好啦，早点休息吧，"她拍了拍战斗机的外壳，对镜头强装出一个微笑，"明天还有一整天的训练在等着你们呢。"

随后，一队地勤朝这边走了过来。他们将扶梯靠在战斗机一侧，两人一组地爬上战机的脊背，由于进入了摄像头的死角，在失去意识前的这最后几秒里，白鸟根本无法知道自己被怎么样了——那些监察军航空队的地勤，到底是用什么手法把自己从战斗机中"抱"出来的，又是装在什么东西里，以怎样的方式送回医疗室。

嗯，想想就是很让人害羞的情景，好在她已经习惯了。

也就在这个时候，牵引车将一架暗色涂装的 F91Z 慢慢拖回机库。这是"彩虹公主队"的长机，原本是驾驶舱的部分被改装成了全封闭式的装甲结构，上面用雪白的哥特体涂着"ZOMBIE SYSTEM"的字样。

白鸟并不知道长机驾驶员的名字，但在训练中，所有队友都叫这个女孩"黑色新娘"——一个颇有些悲凉的代号。

从白鸟这边，刚好可以看到地勤人员登上 F91Z 的顶舱，打开外壳上的气密栓，然后小心翼翼地——就像是对待一个易碎的无价之宝那样，把穿着连体抗压服的娇小女孩从密封舱里缓缓托出。他们架着她的胳膊和小腿，慢慢放到医疗组的担架上。在离开摄像机视界的最后一刹那，白鸟看见那个女孩微微抬了一下胳膊，似乎就要恢复知觉的样子。

白鸟忽然想起来，今天上午训练的时候，"黑色新娘"亲口告诉自己，她的第四阶段治疗已经接近尾声——她很快就会康复，然后离开监察军，回到自己熟悉的文明世界中去。按照丽萨的说法，监察军可能会对她进行洗脑，抹去涉及国家机密的信息，然后诚实地告诉她实情，并指着一张支票说"这便是封口费"——据"黑色新娘"说那好像是一大笔钱，足够她在卡奥斯城最繁华的三环内买下一间精装修的豪华公寓。

白鸟对钱并没有概念,她想要得到的,仅仅是去看海的权利而已。

看着远去的医疗组,白鸟坚信,总有一天,自己也会迎来这样的一个时刻——从一片混沌中突然醒来,从看起来几乎是永恒的虚幻中恍然大悟,用轻轻抬起的胳膊证明,自己是一个人,是一个健全的人、一个自由的人。

地勤切断了摄像头的连线,带着对未来的憧憬,白鸟再次被无边的黑暗包围。

她怕极了。

三 憧憬

这个正六边形的房间足有五六层楼高,但占地面积却出人意料的小。

在房间中央,立着一根圆柱形的黑色巨物,螺旋状的金属扶手像藤蔓般攀爬其上,无数红绿各异、粗细不一的电线缠绕其间,让人很难一下就说清,这里摆放的到底是怎样一种东西。

丽萨反身看了看走廊,在确定没有其他人之后,打开了门后墙壁上的开关。

密密麻麻的细小闪光从圆柱体内部发散出来,丽萨盘起头发,从圆柱体上的一块液晶屏幕下方抽出键盘，她把嘴里一直含着的小东西吐了出来，插到键盘旁边的接口上。

"欢迎使用 VH 军用数据储备终端，丽萨中尉，"打着战的人工合成音从头顶处飘来，显然是有段时间没人维护了，"您上次登录本系统，是在 2037 年 3 月 26 日 11 时 27 分，您的登录权限是 E。"

数据机发出越来越沉重的闷响，最终盖过了清脆的键盘敲击声——在丽萨的操作下，它开始缓缓运行了起来，无数窗口和代码在液晶屏中上蹿下跳，但丽萨始终保持着手里动作的速率，不紧不慢。

紧挨在中尉身边的小姑娘一直板着面孔，目光茫然地瞅着天窗，她看上去只有十五六岁，眉清目秀，梳着整齐的黑色短发，只是东张西望，有些心不在焉的样子，直到丽萨开口说话，她好像才有了反应。

"啊？"小姑娘依旧皱着眉头，一脸心不甘情不愿的模样，"你刚才说什么？"

"如果我查到你的退役期被延迟后，你要怎么办？"丽萨头也不回地道，"去找上校理论，还是非暴力不合作？"

"绝食。"对方不假思索地回了一句。

"哦，绝食。"丽萨笑出声来，"我还真想看看你这吃货能坚持几天。"

从理论上说，这个娇小可爱的昂贵试验品是禁止夜间外出的，但即便是在卡奥斯城的监察军航空队基地，许多规定依然有空子可钻。在绝大部分时间里,基地的同僚会用"黑色新娘"这个代号来称呼她——这可绝不是因为她喜欢穿着哥特风格的黑色蕾丝边长裙在跑道附近走来走去,锻炼身体,她是 ZOMBIE 系统投入使用之后的第一位长机驾驶员,是全球空军中最年轻的 F91 机师,她所在的部队——"彩虹公主队"不仅被监察军寄予厚望,更是无数情报组织关注的焦点。美国人也好,中国人也好,非洲人也好,谁都想要搞清楚这个少女的来历,以及卡奥斯城的那群变态科学家究竟对她做了什么,让这样一个看上去弱不禁风的小东西,躺在完全封闭的驾驶舱内,靠六部多轴摄像机来操控可能是这个世界上最为复杂的人造物体。

但是对丽萨来说,这些都称不上是秘密,甚至简单到不可思议。

"结果出来了,索菲,"丽萨用手背拍了一下液晶屏,"我这有一个好消息和一个坏消息,你想先听哪个?"

"黑色新娘"用有些怨恨的眼神与她对视了几秒。

"好吧,首先是好消息,"丽萨摸了一下对方的前额,"你的退役时间是 4 月 10 日 0 时 0 分,与之一并发放的还有你的退役补贴,不考虑通货膨胀的话,最少也够你读完博士——如果那时你没有在带孩子的话。"

"你确定这次不会再忽悠我?"

"持律者议会授权的事情,板上钉钉了。"

少女仰起头,长出了一口气道:"终于要结束了。"

她脸上看不到一丁点儿的喜悦,有的只是疲惫。

"然后是坏消息，索菲，"丽萨压低了声音，"圣骑士团会派遣专员来对你进行洗脑，以防止任何涉及卡奥斯城机密的东西外泄。"

"哼，"索菲耸耸肩，"让他们洗好了，洗干净点儿，这里的事情，我连一个字都不想记住。"

"嗯。"不知为什么，丽萨突然觉得有些伤感，"我会想你的"这句话到了嘴边，又给咽了回去。

索菲太小了，理应过着更加普通和正常的生活。的确，是卡奥斯城把她从植物人的绝境中唤醒，并且赋予了她敏捷的思维与聪慧的头脑，让原本父母双亡的她过得衣食无忧——偶尔还能享受点支配零花钱买衣服的自由。

但是作为回报，她做得已经足够多了。身为 ZOMBIE 系统的核心，索菲的大脑本身就是半军事化的自律回路。经过深度麻醉，她的意识可以完全被系统控制，整个身体和神经网络都可被视为 ZOMBIE 系统的一部分。而那颗小小的脑袋，在与插头对接之后，便成为足以驾驭 F91Z 并指挥整支"彩虹公主队"的战斗电脑。所以，与其说是索菲在驾驶 F91Z，不如说是她的化身在驾驶——也就是被称为"黑色新娘"的那个"东西"。她不需要睁开眼，不需要活动半根手指，只是静静地躺着，就能胜过许多拥有数千小时飞行经验的优秀机师——不得不承认，对大多数国家来说，这套 ZOMBIE 系统很有吸引力。

之所以选择大脑受损的未发育少女来充当实验材料，理由也非常简单，首先，她们的身形比较娇小，可以把封闭舱的体积消耗缩降到最低，以防止在改造 F91 时影响战机的机动性能。其次，大脑受损，尤其是像索菲这样已经完全丧失意识的少女，根本就不懂得反抗，在稍加调教之后，人类便可以百分之百地对她的行动和思维进行控制。

只是，随着装备的更新换代，索菲自身也在慢慢发育，这个正在逐渐长大的试验品对监察军来说已经有些落伍了，直到这时，他们才将其列入退役名单，并对她开始真正意义上的治疗。至于洗脑后丢回社会这种最终处理方式，虽然在人情上似乎有些冷漠，但在人道上却无可非议——毕竟，这比直接灭口、就地掩埋要好得多。

"等等，这是什么？"

一闪而过的编码与文字，让丽萨打了个激灵，她连忙扶正屏幕，想要看清这份深藏在监察军信息库最底层的机密文件——

《关于第 4415 机动试验小队参与临时对抗演习的预评估报告》，读起来非常拗口的官样标题，却蕴含着令丽萨大惊失色的重要信息。她一时间竟然手足无措地愣在原地，直到索菲也凑到她肩膀边上，方才猛然觉醒过来，用胳膊肘将女孩轻轻隔开。

"你先回去，"丽萨定了定神，"免得引起怀疑，把我也连累了。"

"才不会有事呢！"索菲双手叉腰，皱起眉头，"你不要总是一到关键时刻就想把我支走，我已经不是小——"她顿了顿，觉得"不是小孩子"这个形容确有不妥，于是忙改口道，"我可是监察军航空队的现役军人！二等技术士官！"

"那么，下士，服从命令，"丽萨点了点肩头的肩章，头也不回地道,"回医疗室去好好睡觉——马上。"

四　牢笼

丽萨总是对白鸟说,人没有必要被属于过去的悲哀所累。但作为大人的丽萨并不知道,其实回忆本身的内容并不痛苦,真正痛苦的,是什么都回忆不起来。

白鸟只是隐约记得,自己并不属于卡奥斯城,而是出生在一个靠海的宁静渔村。至于后来发生了什么,她又是如何变成植物人,被谁送到卡奥斯城来,最后又是在谁的授意之下,以一个ZOMBIE系统试飞员的身份加入监察军航空队——这些完全没有答案的问题,无时无刻不在困扰着她。

"你……你能看见我吗?喂?能看见的话,动一下这个摄像头好吗?"

记忆中,再一次有知觉的时候,出现在自己眼前的便是丽萨那惊讶的、喜形于色的脸。

"她动了!她听见了!"

她无法回答——甚至不知道该怎么张开嘴,这种情况下的白鸟,本该是惊慌失措、六神无主才对,但很快,大姐姐那温柔的笑颜让她又镇定了下来。

"你的名字,还没有起好,不过你可以叫我丽萨。"

白鸟记住了这个名字,就像初生时见到母亲的雏鸡那样,刻骨铭心。

很快,白鸟加入了"彩虹公主队",丽萨是整个队伍的负责人。那时,和白鸟同样遭遇的五个女孩飞在天上,丽萨就躲在地下,守在屏幕前,盯着一大堆不断变化着的数据,提醒着女孩们做这做那。

并不是丽萨教会了白鸟飞行——从没人教过,白鸟甚至记不清是从何时起接受训练,又是从何时起坐上了改装过的J21"银剑",飞行好像是她与生俱来的本能,不需要任何提醒,也没给别人指手画脚的空间。飞机就像是她身体的延伸,她能够感知每一次起落时压力的剧变,能够听到每一次加速时的猎猎风响,能够摸到每一次突破音障时向四方扩散的冲击波。

蓝天与白云,大地与海洋,穿梭在女孩的每一个念想之中。只有在飞翔的时候,她才感觉到自己是如此重要;也只有在飞翔的时候,她才能感觉到自己确实存在于天地之间。尤其是那加速的瞬间,扑面而来的气旋和压迫感,还有摇曳着的地平线,既像梦境般令女孩沉醉,又伴着不可抗拒的真实与危险。

这架在蓝天中翻转腾挪的J21Z,既是白鸟的家,也是她的坟墓。这上面没有安装任何逃生的设备——也没有那个必要。就和其他女孩一样,她被锁在这个钢铁的躯壳之中。黑暗封闭的小舱之内,看到的六个世界,只有在摄像头开启时才会显出光明。

透过这六个摄像头,她看到了遥不可及的蓝天、碧海,还有那从未触摸过的大地。

女孩不了解外面的万物,也不曾在她所保护着的城市里漫步,甚至没有接触过基地之外的任何人。

白鸟知道,自己没有这些权利,因为从某种意义上来说,她已经死了——困在一具残缺但还具有人形的身体之中,无法移动,无法感知,只有微弱的意识在脑海深处闪耀着点点火花,他们一旦拔掉插在自己身上的那些管子——那些她从来不曾见到过的管子,她便会立刻魂飞魄散。

丽萨告诉女孩,这就是ZOMBIE系统。她,还有另外两个驾驶J21Z的队友——"红猪"和"蓝龙",都是这个系统的一部分。女孩从没有见过她们的样子,但可以肯定,她们的父母也签订了类似的契约,把已经变成废物的女儿送到了卡奥斯城。

治疗是免费的,但并不无偿。她们作为某种志愿者,加入了ZOMBIE系统的试验,成为卡奥斯监察军改装战机的驾驶员。如果不出意外,服役满三年之后,她们的治疗就会完成,然后自由地离开这里。

"等到那个时候,我带你去看海。"

丽萨总是在训练结束时这样说。

"去海滩看海。"

白鸟依稀记得她的故乡是在海边,是一个美丽到无法用语言形容的海滨渔村。不知为什么,丽萨知道这一点——或许她还知道更多，所以她明白用"去看海"这样简单的短句作为鼓励，对白鸟来说再有效不过。

只是毫无疑问，白鸟的表现越优异，那一天越是遥遥无期。

蓝龙曾偷偷和她探讨过依靠偷工减料的方式离开监察军的方法，她思虑再三，没有给出答复。女孩当然喜欢自由，但是她也明白，在这个世界，光有自由还远远不够。

用自己的双腿奔跑，用自己的身体站在耀眼的星空之下——她已经准备好重新获得这些早已失去的权利了吗？连自己是谁、从哪里来、要到哪里去都说不清楚的女孩，已经准备好重新像一个普通人那样生活了吗？

有的时候白鸟觉得，她并不是锁在笼子里的金丝雀——

她就是笼子本身。

五　赌注

前一天晚上得到的情报让丽萨如坐针毡。

她站在塔台的边缘，远远地眺望着机库——索菲依旧穿着她喜欢的黑色长裙，在草地上活蹦乱跳，第四阶段治疗的效果已经非常明显，这个三年前还是植物人的女孩子，如今已经挣脱了不幸的枷锁，开始学会重新掌握自己的命运了。

需要告诉她吗？关于明天演习的事？

丽萨犹豫不决——不是在保密与失职之间动摇，而是担心自己如果向索菲吐露实情，她反而可能会因为过于紧张而发挥失常。最终，在"索菲是个坚强的孩子"这样的自我安慰之下，丽萨紧了紧拳头，转身迈入了塔台的电梯。

在面对面看到索菲的时候，这个丫头正在试着学习跳绳。即便是在保镖的帮助之下，她的动作还是有些笨拙——实际上，丽萨驻足观察了几分钟，发现她竟然连一次都没有成功过。

"喂！"有些恼羞成怒似的，索菲丢弃了手里的绳具，一边喘着粗气，一边走到丽萨跟前，"你是来干吗的？看我笑话吗？"

不知是因为运动还是情绪的关系，少女的脸涨得通红，若是以往，丽萨必是要竭尽所能地调侃一番，但是今天，格外沉重的心境让她怎么也笑不起来。

"我有点事要和'黑色新娘'说，"丽萨一脸严肃地对保镖道，"是女人之间的话题。"

两个年轻的卫兵互相看了一眼，出于对丽萨的绝对信任，微微笑着，闪到一边去了。

"什么女人的话题？"索菲又叉起腰来，"太激烈的话，我就投诉你对下属性骚扰哦！"

丽萨刚要开口，突然发现不远处的机库中，一个 J21Z 型的摄像头似乎在盯着这边，她一眼就认出了机身上的精英涂装。

"白鸟在看着呢，我们换个地方说话。"丽萨一把拉住索菲的胳膊，像提小鸡一样将她连拉带拽地拖到一辆弹药装卸车的后方，避开了摄像头的监视。

"你！你到底要干什么啊？"索菲一边揉着胳膊，一边责怪似的嗔道，"人家看着又怎么了？有什么神神秘秘的？"

"明天早上将会安排你们进行一场临时演习——对抗演习。"

"与中国空军的对抗定于4月7日凌晨6时，丽萨，参谋部最终决定派遣我们队参加演习，已经下发了正式的命令书。"

这个穿着蓝色制服的男子推了一下鼻梁上的眼镜，将一沓材料拍在桌上。他体态宽胖，长发及肩，不修边幅，约莫30岁的样子——当然如果光看体形的话，可能还要再老些。显而易见，虽然胸口嵌着卡奥斯城监察军航空队的纹章，但他绝对不可能是个飞行员。

而坐在他对面的年轻女子——被叫作丽萨的，也穿着同样的制服，优雅合身，英姿飒爽，比起普遍都肌肉发达的航空队士兵，女人的样貌体态倒更像一位模特儿。

所以，她也肯定不是飞行员。

"演习地点呢？"丽萨的声音总是充满了倦意——她从小说话便是如此，无精打采，有时让人觉得垂头丧气的，"参谋部有通告吗？"

"位置暂定在——呃，"男人翻了翻手里的黄色文件夹，"北日本海的……DX-118？你看，是DX-118！正是我们平常训练的地方！"

"规则呢？"丽萨头也不抬，依旧盯着眼前屏幕上缓缓跳跃的字符串，"谁定的？"

"ARMS 规则，据说是中国人定的。"

"ARMS。"丽萨默默地重复了一遍，心里突然有些钦佩起中国空军的那些小伙子。毕竟，正是卡奥斯城发明了 ARMS——"接近真实演习系统"。简单地说，这是一种与实战极度相仿的空军演习规则，制导类武器使用没有弹头的实弹，发射后，在双方演习电脑同时判断为命中后自行销毁，非制导武器使用空包弹，发射的瞬间由电脑根据距离与速度判断是否击中。这是一套非常复杂、昂贵的演习体系，也是目前能使用的、最逼真的空中对抗游戏。

"那为什么会找到我们队？"丽萨微微坐正身体，"'彩虹公主队'只承载试验任务不是吗？"

无论对手是谁，以往卡奥斯城监察军的航空队总是会派有过战斗经验的老兵参加 ARMS 演习，而丽萨也早已被告知，她所负责的小队从组建开始就没有参加实战或者类似实战的对抗演习的义务。

"也许是为了考核？"男人耸了耸肩，"无论形式如何，我们的工作总归是应该有个考核的，对不对？"

丽萨不屑地哼了一声。

坦白地说，她一点也不关心演习的结果，那是持律者议会和航空队高层应该关心的事情。一两场孩童般的虚拟竞技之下，是平常百姓无法理解的复杂政治博弈，是两个、三个甚至半个地球的势力集团之间的无血较量，是划定未来几年世界利益格局的谈判筹码。

"中国人那边呢？"丽萨突然想起了什么似的问道，"他们会派哪个队来参加演习？"

"双机编队两组，具体名单还没有透露，不过可以确定，他们会使用至少一架新型机，也许是改进版的银剑C，也许是什么我们完全没有见过的鬼东西。"

早在一百年前的第二次世界大战，双机编队便已经确立了自己在空战阵形中的优势，它灵活高效，主机与僚机之间的配合既简单又实用，在这一百年间，所有在天上飞行并以阻止对手在天上飞行为目的的兵器，无不采取这种编队方式。

但是现在，时代变了。

卡奥斯城监察军的航空队，在没有能力自行研发作战飞机的现实下，只能使用一些歪门邪道来保持空中优势。那些天才的自动化研究员和编程专家，发明了一套新型的战机操作系统，以及与之配套的独立小队作战模式，也就是外界戏称的"一拖三"——一架指挥机带领三架僚机形成作战集群，以四机为单位完成包括争夺制空权在内的所有空中战术任务。

因此，与卡奥斯城航空队进行空中格斗演习，派出一个双机编队显然是不够的，派出两个则至少在数量上对等——实际上，在使用ARMS的前提下，对抗演习本身就是一场不甚公平的竞赛：卡奥斯城航空队只在去年输给过美国人一次，而且对方还使用了"X"打头的试验型战机。

而到了明天凌晨，连一向低调的中国人都准备投入他们最新、最好的玩具了——丽萨对此相当理解：卡奥斯城没有自己的兵工厂，却有着大把依靠垄断微调市场获得的钞票，任何一个有装备生产能力的国家和企业都想从这座金山上挖一角，也正因如此，监察军几乎成了大国军备竞赛的演武场，许多新式武器在本国服役还不到一年，就被送到了卡奥斯城采购团的谈判桌上。

"只是很小规模的对抗演习而已，"丽萨皱了皱眉头，"他们应该不会太认真吧？"

"但我们可不能有半点闪失，我说了，这次演习肯定是要当作我们的考核。"男人颇认真地推了一下鼻梁上的眼镜，"镭曼公司已经开发了新一代的 ZOMBIE 系统，如果使用权不能分配到联队，我们两个就只能回去编游戏了。中尉，这次演习与以往不同，关系到很多人的饭碗，简而言之——输赢很重要，至少对我们来说，绝对很重要。"

这胖子说得也不无道理——丽萨心想，作为监察军手中的试验部队，"黑色新娘"一直不曾抛头露面，连使用机型和成员的名单都被列为机密。因此，即便在名义上，监察军没有下达过什么指标，但对她们寄予的厚望不言而喻。如果表现不佳，被兴师问罪的肯定不只是机师而已，连自己的饭碗都有可能受到影响——毕竟，在卡奥斯监察军挂一个虚衔中尉的待遇，可比在镭曼公司总部开发电脑游戏或者其他什么应用软件来得高。

"好吧，我会试着把整备级别提到最高，"丽萨点了点手边的文件夹,"只剩下三天了,这是唯一立竿见影的措施,对这些没有任何实战经验的孩子来说……"

"白鸟呢?她的情况如何?"

"没多大长进,"丽萨摇摇头,"她还是老样子。"

"没有时间让她继续成长了,"男人叹了口气,"估计演习完毕,'黑色新娘'就会退役,我们又要面对另一批新面孔了。"

"是啊,然后所有的工作又得从头开始。"丽萨有些厌恶地嘟囔了一句,把视线挪到窗外。

另一边,两架型号完全一样的 J21Z 滑出跑道。虽然外观上基本一致,但与中国军队装备的 J21 不同,这些监察军的战机没有驾驶舱,它们在两年前开始使用一种被称为 ZOMBIE 的新型操作系统。一开始,有很多国家的情报机关认为那是某种自动驾驶系统的缩写,直到几个月前,波音公司应邀检修监察军购买的 F91Z——它们同样设有驾驶舱,美军的技术人员发现在这些战机内部,确实设有容纳人类的空间,并且推测这些机师是躺着驾驶的。

更为惊人的发现还在后面。经过仔细的实验和推理,美国人认定成年人不可能适应这般狭小的空间,他们推测航空队使用的 F91 机师身高可能在 1.58 米上下——很可能还不到 1.55 米。

使用童子军自然不会被国际法认可,但波音公司也没有权利提出控诉——他们获得信息的手段并不光彩,同时美军也不希望得罪卡奥斯城这个大财主,在未来的二十年里,恐怕只有它买得起那些从旧金山装船出港的"美国制造"。

机库大门一个接一个地慢慢合拢，黑暗也悄悄降临，这个空军基地又结束了喧嚣的一天。而那些在早上耀武扬威、杀气腾腾的战机，此刻就像婴儿般静静熟睡，连半点鼾声都不会发出。

如果没有了人，这些可怕的战争机器就失去了存在的价值；但即便没有了人，任谁也不能否认这些雄伟的艺术品身上散发出的美。

丽萨喜欢这些战斗机——喜欢中国人的J21"银剑"，也喜欢美国人的F91"乌鸦"。她不止一次地幻想与这些漂亮的雄鹰在空中厮杀搏斗，像西部牛仔般捉对决斗，但她又时常祈祷，希望这样的一天永远不要降临。

丽萨深知，在这些华美刚毅的金属躯壳之下，藏着怎样的脆弱与无奈。

丽萨拍拍索菲的肩膀，"后天可能会是你最后的表演了，索菲，可不能让我们失望啊。"

"那是！"索菲竖起大拇指，用半开玩笑的语气道，"看我杀得他们屁滚尿流！"

这次可没那么容易——丽萨心里这样想着，但脸上依旧挂着淡淡的微笑，没有对索菲的自信表现出丝毫质疑。

她已经拿到了中国空军参加演习的飞行员名单。

胜算寥寥。

六　精英

杨戬坐在一个空了的弹药箱上，姿态十分放松，神情却显得有些紧张。他盯着手里这份区区几页的文件，看了足足半个多小时，依旧百思不得其解。机场的地勤和飞行员们来来回回地在他身边匆匆走过，偶尔有一两个年轻人在他面前停住脚，露出尊敬甚至是崇拜的目光，却始终没有上前打招呼的勇气。

杨戬，是一个活着的传奇。

他 22 岁时便已经成为中国空军的首席试飞员，驾驶过几乎每一种型号的原型机。33 岁时，"一星期圣战"爆发，杨戬第一次升空就打下了环约的两架战机，他也是全世界唯一一位在那场只有六天半的战争中击落五架敌机而获得"王牌"称号的机师。

35 岁的时候，他从一线部队退役，加入了具有科研性质、对外代号"月光"的验证机航空队，亲手驾驭过战后的每一款中国产战斗机——无论是你耳熟能详的，还是根本就没听说过名字的，直到现在——年近半百的杨戬依旧是东亚最顶尖的试飞员，是整个中国空军甚至可以说是全部中国人的骄傲。

杨戬也是一个怪人。

在生活中，他是一个喜欢喝茶、冥想的孤僻汉子。对他喜欢的人，他可以滔滔不绝说上一两个小时——即使是第一次见面；而对于他没什么感觉的家伙，他甚至不会去看上一眼。他爱憎分明，眼里又容不得沙子，对不顺眼的事从不掩饰厌恶之情。大部分人都不知道，他曾经多次因为违抗命令而受到处分——实际上，他从原部队提前退役，也正缘于此。

在战场上，他是一个颇有骑士风度的勇士，无论是队友，还是对手，在领略了他无与伦比的战斗技巧之后，都会叹服于他的优雅与偏执，为他尊重每个敌人的品格所折服。

他拒绝向没有反击能力的补给船开火，甚至不会攻击环约的运输机，他有着一套自己的战争哲学——在大多数时候，连他的上司都无法理解。

杨戬曾经接受过许许多多奇奇怪怪的任务，有些很刺激，有些很诡异，有些则几乎与自杀没多少区别。

但是今天，手里的任务简报还是让他犹豫了许久才下定决心。

上级在今天早些时候曾经透露，这其实是一个侦察任务。杨戬将代表中国空军参加后天与卡奥斯城监察军航空队的 ARMS 演习，他的任务并不是去把对方打个落花流水，而是用装在战机里的新型扫描仪把对方看个通透——看看那些没有驾驶舱的 F91Z 和 J21Z 里，到底藏着什么样的秘密。

杨戬翻过一页，将目光锁定在情报部门送来的资料上，首先映入眼帘的是一张照片，一张昏暗模糊到几乎辨别不出轮廓的照片。

几个看上去可能是地勤人员的男子，簇拥在一架黑色的 F91Z 型的机鼻周围，轻轻地、小心翼翼地托着一个人——一个女人，一个看起来昏迷不醒的女人。从照片上无法判断她的年龄和身形，但从她身上的标准制服可以肯定，她隶属于卡奥斯城监察军航空队。

这是情报部4月4日在西罗先空军基地摄下的照片，根据第二页上的介绍，这个女机师的代号叫"黑色新娘"——没错，也就是后天演习场上的对手。她是F91Z的驾驶员，是一个ZOMBIE小队的核心，可就是如此重要的一个人物，关于她的情报也只有这薄薄的两张纸片而已。而关于她所在小队的成员，资料里更是只字未提，只是反复强调另外三架参加演习的机型全部是改装过的J21。

杨戬把文件翻到最后一页——

任务的说明非常简单：杨戬将驾驶一架最新的SJ-101"哪吒"参加明天的ARMS演习，他必须靠得足够近，让机载扫描仪进入有效的工作距离，对卡奥斯城监察军航空队的战机进行全面解析。

这是一次揭开ZOMBIE系统真相的冒险行动，是一条在谍报部门束手无策之后画出的底线——中国空军必须要得到这些情报，这关系到未来两三年内整个世界的空中霸权，也关系到下一代作战飞行器的设计理念。也正因此，他们派出了杨戬——一张可以把失败概率减到最低的王牌。

杨戬放下手中的文件夹，缓缓起身。他转过头，看了看身后的"哪吒"——这是一只形状怪异狰狞、通体象牙白的庞然大物，是为了对抗美国人XXF-9900"魔婴"而研究出来的"最终决战兵器"。杨戬被告知这架"哪吒"还只是原型，有很多细节还没有得到测试和完善，即便如此，它的性能也领先F91和J21整整一个世代——

它与杨戬本人一样，是中国人的王牌与秘密武器，它的登场亮相，从某种程度上也表明了空军对明天那场 ARMS 演习的态度。

用手拍了拍"哪吒"的机身后，杨戬轻轻叹了一口气。

对于各式各样稀奇古怪的任务，他早已经习以为常。但冥冥之中，他又有种预感，明天，在那片他熟悉到不能再熟悉的碧空之下，会有不同寻常的故事发生。

七　DOG FIGHT

4 月 7 日，6 时 55 分。

北日本海。阴沉的天空，凝重的云层，猎猎的凉风抽打在机侧，发出耳鸣似的嗡响——女孩本能地感觉到，这并不是一个飞行的好日子，但如果作为空中格斗的演武场，那恐怕又是再合适不过。如果今天再下点小雨，或者配上讨厌的雷暴，那么对任何战斗机驾驶员来说，这都将是一个证明自己的绝佳机会，一个给后来者留下传说的华美舞台。

突然，刚刚还空荡荡的雷达屏上，显出了三个小小的橘红色亮点。女孩正要调整扫描方式以确定对方的高度和机型，"黑色新娘"便已经把答案说了出来："12 点钟方向，三架 J21，高度 2500，确认识别码为中国空军。"

如此轻描淡写，她的语气依旧像电脑程序那般冷漠而平静。无论平时的她有着多么自由的身体，现在就只是一具在高度催眠状态下的作战系统，比那些驾驶 J21Z 的姐妹要冷酷无情得多——这是身为长机驾驶员所要肩负的责任，也是监察军航空队所需要的最理想状态。

"现在可以锁定它们吗？"这是蓝龙的声音。

"不可以，演习时间还没到。"

不会这么简单。

"如果我们现在就能锁定这三架 J21，打出六枚'长弓'导弹，在一瞬间把演习比分变成 1∶4，那他们就不是中国人了——在我们面前晃荡的这些家伙，如果没有两把刷子是绝对不敢选择 ARMS 作为演习规则的。"

它们一直在雷达侦测范围内的边缘徘徊，与"彩虹公主队"保持着相对固定的距离，女孩粗略估算，双方如果全速推进，约 5 分钟可进入视距——那将是对"彩虹公主队"最有利的战斗距离。

由于使用了革命性的驾驶舱，女孩自己的 G 荷载能力超过 12，蓝龙和红猪可能还要高，而且最重要的是，即便在这种接近人类承受极限的高载荷下，她们也完全感觉不到痛苦，还能以完全"正常"的生理心理状态对战机进行操控。

7 时整。

伴着通信频道里一声干脆的"OPEN COMBAT"，三架 J21 的信号在一瞬间消失得无影无踪。

他们打开了等离子体屏蔽——也许在五六年前，这还是项可以唬住人的技术，但现在已经没人会为这种过时的隐形手段喝彩了。

而且，最为重要的是，女孩所驾驶的也是 J21，拥有完全一样的装备——这不过是不同的人在耍相同的把戏而已。

"进攻菱阵！""黑色新娘"即刻下达了命令——就像平时训练那样，三架 J21Z 拉开距离，呈三角形把 F91Z 围在中间。

"红猪，切上去！扩大搜索范围！"

最前方的 J21Z 突然拔升高度，探身隐于云层之上。"不要使用主动扫描，红猪，""黑色新娘"继续道，"这群中国人是精英级别的，绝对不能让他们逮到先手。"

这是一场在双方都没有预警机、地面雷达站和卫星支援条件下进行的公平演习，一切信息的获取只能依靠双方的机载系统，因此能够用来对抗现代化隐身手段的技术并不多，光谱扫描当然是其中最简单有效的一种，但同时也会破坏自机的等离子体屏蔽，增大雷达发射面积——在掌控着顶尖装备的顶尖高手之间，这几乎是可以在一瞬间分出胜负的关键。

"等等，""黑色新娘"顿了一瞬，"这是什么意思？"

不可思议的现象在雷达屏上显现：一个晶莹的 J21 信号闪闪烁烁，正向东南方迅速移动。它应该还没有发现"彩虹公主队"的位置——按照它现在的移动方向，只会离监察军航空队的主阵愈来愈远。

"目标锁定，确认进入攻击距离，蓝龙等待发射命令。"

·028·

"目标锁定,"女孩也不假思索地跟着性急的蓝龙启动了火控系统,"确认进入攻击距离,白鸟等待发射命令。"

"这应该是个诱饵,""黑色新娘"冷冷地道,"也许是它的等离子体屏蔽发生了什么异常,但我倾向这是个诱饵。"

现在无法与基地进行任何联络,这对习惯于把每一个战术细节都询问清楚的"黑色新娘"来说,无疑是巨大的考验。而女孩虽然也有些担心自己队长的状态,却根本帮不上忙——她同样也是一个没有半点实战经验的三脚猫。

"红猪,"在犹豫了几秒之后,"黑色新娘"终于下达了指令,"你跟上去,调好位置,用一枚'长弓'和两枚'翠鸟'搭配齐射,确保命中。"

"收到,红猪脱离编队。"

在阴森森密匝匝的云层之下,女孩无法看到红猪的动向,只能默默地为队友祝福。红猪是队伍里最不爱说话的成员,但也许正因为这样,她有着超乎常人的冷静与坚定,是队里必不可少的前锋,或者说——诱饵。

透过摄像头,女孩看到机身下方的大海,它就和现在的天空一样阴沉混浊。那被风卷起的阵阵波涛,翻滚着奔涌向前,一直延伸到视线的尽头,仿佛层层叠叠的大幕布,无边无际。

突然,女孩想要回家。

即便是那个冰冷的机库,现在也莫名其妙地有些亲切起来。女孩承认,她不仅害怕,而且还有些厌恶——这难道就是人在面对战争时的紧张？还是即将踏上杀戮场时的负罪感？她说不上来。

一个更加诡异的念头突然闯进脑海：那些朝女孩家乡投下毒气弹、把整个村庄毁灭、把她变成废物的机师，在按下掷弹钮的瞬间，是否也有过同样的感受？是否也会犹豫？也会害怕？也会厌恶？也会思考自己的所作所为？也会试着去想象可能出现的悲剧？

女孩觉得，他们不会。

就如同被严格训练的"彩虹公主队"一样，在真正生死一念间的战场上，他们多半根本没有时间和机会去动摇。片刻的顾虑，必将导致永恒的遗憾。

就和现在的红猪一样，女孩相信她在朝那架中国"诱饵"的屁股连射三枚导弹之后一定会犹豫要不要再打出第四枚，或者立即关闭弹仓，打开等离子体屏蔽，恢复匿踪状态——这刹那间的不确定便让三个锁定警报同时响起，在所有人为红猪捏一把冷汗的同时，也不禁为对手的机敏与警觉所震撼。

偷袭没有带来任何预想中的效果，那架诱饵好像突然多长出了几个矢量推进器，用扭曲而不可思议的规避动作闪过了射去的导弹——从雷达上看，那些导弹简直是贴着它的屁股划过的。

另外两架中国人的J21在发射导弹的同时也暴露了自己的位置——比想象中还要近，红猪用尽了所有能想出来的办法、发射了半打干扰片也没能避开从三个方向射来的导弹。ARMS系统清脆的声音不期而至，红猪离开了演习队列——1:0，毫无疑问，这些中国人给了监察军当头棒喝。他们不仅技术高超，而且心理素质极佳，在没有预警机参与的情况下，他们能够如此果断地甩出诱饵，用不按常理的战术来打破僵局——这在以往的演习中确实从未见过。

"两翼散开！""黑色新娘"几乎是吼了起来，"颤抖队形！锁定目标后进行饱和攻击！"

中国人的J21在打下红猪的同时也暴露了自己的位置，"彩虹公主队"通过ZOMBIE系统瞬间确认了各自的目标，他们把推进器打到极限，用最快的速度咬了上去。

距离9500米。

在这个距离放"长弓"稍微有点远，对手有太多的时间进行反制。

"把你们的火控系统与我同步！我来开光谱扫描仪！""黑色新娘"显然是着急了，"一定要把他们全都轰下来！"

"蓝龙确认火控系统同步！切换至光学制导！"

这真是太疯狂了，"黑色新娘"正要做的事简直就是在用高音喇叭对全世界呼唤："我就在这儿，向我开炮吧！"

"白鸟确认火控系统同步！"服从命令是本能，女孩的思考并不能动摇指挥官的权威，"切换至光学制导！"

"'长弓'锁定！射击！""黑色新娘"顾不上自己被锁定的警报，在ZOMBIE系统里撕心裂肺地叫着，"远程火力全弹射击！"

几乎在同一个刹那，白鸟和队友把十二枚"长弓"推出了弹仓——也就是她们全部的远程武备，它们像撕破苍穹的闪电，在阴霾与碧海之间划出一排漂亮整齐的琴弦。几乎是在同一瞬间，女孩的战机也被对方锁定，"嘀嘀嘟嘟"——越来越急促的警报声把她本来就近乎空白的大脑彻底点燃，雷达上也同时出现了四个红色的光点——那是冲她而来的"长弓"。

"制导兵器来袭！"女孩从没有想过 ARMS 演习会令人如此窒息，"是'长弓'！"

"阵形取消！""黑色新娘"急促地命令道，"各机展开规避程式！"

二十四道白色轨迹在空中一错而过，双方的"长弓"导弹扑向各自的目标，编织成看起来完全不可能摆脱的猎杀网。

女孩压下机头，回旋着向海面俯冲而去。机尾的摄像头紧紧盯着袭来的弹幕，它们的尾迹和干扰片的闪光纠缠在一起，就像是四条争夺明珠的神龙，上下翻覆，一边画着螺旋线，一边扑向猎物。

没有响。

ARMS 的"击落指示"始终没有响！在重新拉起机鼻做逆向回旋的时候，女孩似乎能听到战机双翼的哀号！她从没想过 J21Z 可以承受如此之大的负荷而不失速，也从没想过自己会以超音速贴着海平面升空——气流卷起的翼状海浪足有 15 米高！连机腹的摄像头都被打上了点点水花。

这一串规避动作持续了不过 21 秒，却用上了女孩全部的力气，她根本顾不上周围的环境。在稍作镇定回到现实时，她惊奇地发现比分已经发生了逆转。

"蓝龙那蠢货被秒。"这一次，"黑色新娘"的语气里带着明显的赞许,"你果然是最棒的,白鸟,再加把劲儿就能赶上我了。"

2∶3,这便是现代空战,如此简单而又如此残酷,没有骑士拔剑时的誓言,也没有牛仔掏枪前的倒数,按下导弹的发射钮,然后祈祷——任何规避手段和干扰措施,在"长弓"这种穿杨利箭面前都作用寥寥。

刚刚还在雷达上闪烁的三个红色 J21 坐标都已经暗淡了下去,ARMS 系统判定它们出了局,即便有百般借口和不甘,这三位中国的空中骑士也已经回天乏术。

就跟飞在女孩和"黑色新娘"中间的蓝龙一样,它被强行切断了通信,变成了一个看客。

"刚才好险,"女孩心有余悸地道,"差一点点就撞到海了。"

"富贵险中求,白鸟,这就是人生!""黑色新娘"顿了顿,"别放松警惕,还有架'哪吒'没有现身。"

死里逃生的女孩差点把这个给忘了!是的,这场短暂表演的主角还没有登场,那个编号为 SJ-101、代号"哪吒"的谜团还没有揭开,胜负还没有定论。

蓝龙上下摆了两下机翼,向我们致意后匆匆离开了演习区,只丢下了形影相吊的女孩和领队。蓝龙的发挥不错,应该算是已经尽了全力——从以往的数据来看,她的确是"彩虹公主队"中最糟糕的一位成员。

队长关闭了光谱扫描,用最传统的方式领着女孩小心翼翼地巡逻索敌,整整 10 分钟过去了,她们沿着演习区兜了一整圈也没有发现任何异样。

"有点儿不对劲，"女孩不无紧张地道，"他在等什么？"

"白鸟，保持双机雁型阵。"

"是。"

"拉开距离，""黑色新娘"小声道，"至少 5500 米以上，不要把鸡蛋塞在一个篮子里，我来重新开启光谱扫描。"

女孩明白队长的意思——如果敌人突然出现，锁定然后击落了开着光谱扫描的 F91Z，她就可以在第一时间发动反击，反之亦然。当她和领队之间的距离足够大时，对方的攻击必然不可能将两人同时撂倒，也就是说，为她们提供了至少一次的反击机会。

女孩稍微提高了一下等离子体屏蔽的强度，降低了 150 米，减速，她准备与 F91Z 保持 6000 米的间距，然后默不作声地跟在后面，这是以前训练时使用过的长斜线阵形，是一种专门用来发动高机动波状进攻的简单战术。

可就在她把引擎功率调低的瞬间，ARMS 系统上突然响起了领队的"击落指示"警报，"黑色新娘"甚至还没来得及说一句话，就被赶出了演习。

电脑上没有被锁定的先兆，空中也没有导弹的轨迹，这是怎么回事？是 ARMS 出了问题，还是中国人的某种新式武器？

未及多虑，女孩马上就有了答案：一只银灰色的金属怪物穿出云层——那是一架从没见过的新型战斗机，有着难以描述的霸气外形，女孩甚至都没法分辨出它的头和屁股各在什么位置。

两者距离非常近,雷达上却依旧没有任何反应,这鬼东西始终保持着完美的隐身状态,别说是锁定,女孩连它大概的速度和方位都无从知晓。也就是说,它压根儿就没有打开过弹仓,"黑色新娘"也不是被导弹击落的。

是航炮?这架"哪吒"莫非是用航炮打下了"黑色新娘"?

虽然这是个令人难以置信的结论,却非常合理——在ARMS系统下,航炮使用的是空包弹,也就是说,空中根本就不会出现弹道——这也正解释了为什么"黑色新娘"会"无缘无故"地被击落,她其实是被系统直接判定出局的。

如果女孩没有记错的话,这是ARMS系统自实施以来,第一次有人用航炮击落卡奥斯监察军航空队的战机——这一切绝不像字面所表现的那样简单,使用ZOMBIE系统的姐妹与普通机师不同,她们依靠机身上的六个多轴摄像头而不是肉眼对周围环境进行判断,因此根本就不存在视野上的死角。而航炮作为一种射程不到两公里且只能定向直线攻击的武器,必须靠得很近才有可能击中目标——对浑身眼睛的ZOMBIE机师来说,被对手用航炮打中简直是不可思议的事情。

是云层——女孩立即意识到,这个可怕的对手一直躲在头顶的云层之中,跟着两人兜圈子,他巧妙地利用环境中的干扰因素,等待恰当的时机,用最隐蔽的手段吃掉最有威胁的对手。

是的,他甚至没有使用导弹!虽然女孩不明白他为什么不早点动手,但这个家伙近乎疯狂的自信和胆识,着实令人钦佩不已。

这不是依靠训练就能学会的东西,只有经历过血与火的考验,经历过战场百般磨砺的老兵,才能展现出这般才华和勇气——这就是真正的王牌机师,一个可以被称为英雄的空中剑客。

　　"哪吒"绕着"黑色新娘"的F91Z画了一个巨大的弧线,一直绕到女孩的正下方,女孩尝试用激光制导锁定它,但光束无法对焦——它使用了某种新式的干扰膜涂料,和美军的XXF-9900"魔婴"一样,根本无法用激光制导武器锁定。

　　红外制导的武器多半也不会奏效,女孩不懂它用的是什么引擎,但这架"哪吒"的尾焰温度竟然比小型民航客机还要低上许多,随便一发热源干扰片就能把导弹引开。

　　简直是无懈可击的防御——但女孩还有一个绝技,一个只有ZOMBIE系统的机师才会使用的绝技。她可以用摄像头引导"翠鸟"短程导弹,只要女孩能"看"见它,导弹就一定会跟上去。

　　她打开了弹仓,心中默念了一句"安心上路"。

　　两枚"翠鸟"顺着视线向"哪吒"扑去,在即将命中的刹那,这畸形丑陋的怪物突然向右侧急速漂移——如果不是亲眼所见,女孩根本无法相信人类的飞行器竟然能做出这种UFO般的侧向机动。不经意间,女孩看到了安装在对方机身左侧下方的矢量喷口——如果那是矢量喷口的话,它活像一朵张牙舞爪的喇叭花,足有洗澡盆那么大。这或许可以解释它那不可思议的机动性能,但女孩隐约觉得,这从未见过的怪东西可能还有别的功用。

　　眨眼之间,"哪吒"便已经围着J21Z兜了大半个圈子,显然是想要抓住对手的尾巴。

女孩一向讨厌缠斗,但此刻也别无选择,在丢出另一枚"翠鸟"之后,她把引擎的功率轰到顶点,拉直了机头,冲向云层。

"哪吒"像是失速似的原地翻滚,在海面上画了一个巨大而漂亮的"Z"闪过"翠鸟",之后便毫不迟疑地追将上来。

依然没有锁定警报,依然没有打开弹仓,女孩虽然对这个中国人到底要做什么越来越迷惑,但有一点可以肯定,他的那架飞机确实比 J21Z 要先进太多。如果他想要把女孩揍下来的话,可能根本不费吹灰之力。

"翠鸟"是一种专门用于中近距离缠斗的空对空导弹,出仓后可以实现全角度机动——女孩以前从没有在逃跑中使用过这种武器,或者准确点说,她以前从没有在训练中被人追赶得如此狼狈。

在浓密的灰暗云团之中,天地都失去了颜色,女孩分不清哪里是开始,哪里是结束,只知道有一个银色的幽灵在身边徘徊。雷达平静如初,其他侦测设备也没有响应,它就像一个幻影,无形无音,却又挥之不去。

射出去的最后两枚"翠鸟"钻进混沌一片的云雾之中,在那个幻影身边交错起伏,每一次女孩都觉得就要击中目标,但每一次又都扑了空。

耀眼的阳光和清澈的天宇突然迎面扑来,那架面目狰狞的"哪吒"与女孩的座机并排冲出云层。在这一刹那,女孩才终于明白,J21Z——她引以为傲的这副躯壳,与世界上最先进的歼击机之间有多大差距。

也就在这个时候,女孩反而觉得有些轻松了,她调平机身,用普通的巡航速度与身旁的怪物比翼双飞。它不仅没有半点要发动攻击的架势,反而像是在为女孩护航似的保持着间距和速度,寸步不离。

"他到底要干什么?"女孩又问了自己一遍同样的问题,心里为这个答案而疑惑。

突然,通信频道里响起一个老成、平静的男声,一个女孩从来没有听过的嗓音:

"对一架J21来说,你已经做得很好了。"男人发出微微的喘息声,"不,应该说,你是我见过最好的J21飞行员。"

女孩迟疑了几秒,试探性地回了一句,"你是'哪吒'的机师?"

"这是……"对方显然也犹豫了一阵,"你本人的声音?"

"你的上司没有授权你与我对话吧?"

"是的。"

"我的上司也没有,"女孩冷冷地道,"演习还没有结束,你以为自己稳操胜券了吗?"

"我原来就听说卡奥斯城监察军的航空队在使用童子军,但听你的声音,恐怕还不满14岁吧?比我的女儿还要小。"

女孩并不知道自己现在是多少岁,也没有兴趣拉家常,但她感觉像受到了什么刺激似的,突然暴躁了起来。

"你还没有赢!"

关闭引擎，打开减速板，J21Z 在一瞬间便被"哪吒"超过，女孩用这个动作咬住了对手的尾巴。可就在她准备发射航炮的一刹那，"哪吒"一个侧向翻滚又飘到了 J21Z 的左边——就在刚才的那个位置上。

"欲速则不达，小姑娘，"他的喘息声比刚才稍微剧烈了一点儿，"尤其是在面对比你强的对手时，盲目发动攻击，只会让你的破绽暴露得更快。"

"你到底想要怎么样？"女孩有些恼怒地吼道，"打算让我认输吗？"

"别紧张，孩子，我的'哪吒'装备有短距离全频道阻塞干扰仪，我们之间的对话不会被地面人员监听。老实说，我只是想和你聊聊天，能给我一分钟吗？"

从演习刚开始便销声匿迹，现在又要女孩给他一分钟来聊天？这家伙始终在拖延时间，这让女孩多少可以揣测出他的动机。

"你不是来演习的，对吧？"

"诚实地说，不是。"对方回道，"但我知道你是来演习的，所以我打算给你一个机会来赢得这场比赛。"

"机会？"

"哪吒"突然打开弹仓，上下翻滚——机身旋转了整整一圈，他把大大小小所有的导弹都抛出弹仓，任由它们滑进云层。

"我们拉开距离到 8000 米，然后对冲，使用航炮互射。现在全场只剩我们两个——被击中的，就 OUT，留下来的，自然就是胜利者，你觉得怎么样？"

听起来的确是非常公平的条件——就像拿着火枪决斗的绅士，背对背走出三步，然后转身射击，在这种情况下，他的飞机再好，也不会带来多大的优势。但现在只有一个问题，一个必须要得到答案的问题：

"为……为什么？你为什么要这么做？"

"怎么？你难道不想赢吗？"

"我只是觉得奇怪，以你的'哪吒'，要打下我实在是太简单了，为什么还要浪费时间玩这种无聊的把戏？"

"啊，是啊，正因为我驾驶的是'哪吒'，所以我才觉得我有义务将这场演习变得——嗯，怎么说呢？更'有趣'些才对。"

这句话让女孩心头一震，虽然有些不可思议，但她承认，这个中国男人确实是一位古怪而值得敬佩的强者。

"你叫什么名字？"女孩顿了顿，"我的代号是白鸟，你呢？"

"我叫杨戬，"对方一字一顿地回道，"真名。"

杨戬——作为一名战斗机机师，女孩当然听过他的大名。在按捺住心中的激动之后，她斩钉截铁地回道："好的，杨戬，如果你的指挥官对你的狂妄自大没有意见，那我也没有理由拒绝挑战。"

"我欣赏你的态度，"杨戬似乎是哼笑了一声，"我转向正西，你转向正东，间距超过 8000 米后掉头对射，你觉得如何？"

"就这么办！"女孩猛地别过机头，面向正东，"白鸟离线！"

"祝你好运，杨戬离线。"

不知道用了什么办法，杨戬让"哪吒"在女孩的雷达屏上闪得像颗启明星——他果然像传说中那样，是一个完全不按常理出牌的家伙。女孩依旧不知道中国人的真实意图到底是什么，但她清楚，与世界第一 ACE 公平决斗的机会，这辈子都不可能有第二次了。

8000 米对两架超音速战斗机来说简直就是眨眼间的距离——引擎熄火，打开减速板，拉起机头，轰响矢量喷口——2.7 秒，这并不是女孩将机身掉转 180 度所用的最短时间，但也已经接近 J21Z 的理论极限了。

杨戬与她几乎同时完成了翻身，可能还要更快一点儿。女孩努力将屏幕上的"哪吒"对到准星中央，然后加到全速，迎头扑去。

航炮的轰鸣在耳畔炸响，虽然只是打不出去的空包弹，但 ARMS 系统标示出的"虚拟弹着点"依然能够告诉女孩是否击中了目标。

老实说，她连校准的时间都没有，转瞬之间，两架飞机便贴着对方一错而过。很难相信在这种情况下双方都没有命中，但这奇迹确实发生了——如果杨戬没有在放水的话。J21Z 和"哪吒"变成了两条交织的水蛇，缠绕着扭在一起，互相寻找着对方的尾巴，寻找着可以开火的角度，有好几次女孩确定自己已经打中它，但 ARMS 系统就像死机了一样始终没有反应。

两架战机不断爬升，越飞越高，直到蔚蓝的天空中竟出现了隐隐约约的星点，引擎发出了吃力的闷吼——J21Z 已经到达极限，如果不下降马上就要失速。

只有放手一搏了。

女孩用几乎垂直的机位拉出眼镜蛇动作,让引擎更强大的"哪吒"从 J21Z 面前直冲过去,在杨戬反应过来之前扣下扳机——无论是否能击中,这就是女孩的最后一击了!

结果证明,女孩的想法远远超越了 J21Z 的能力,在动作还没完成一半的时候,飞机已经失速,像一片狂风中的落叶,打着旋儿往下掉落。在天旋地转了差不多 10 秒之后,她才终于稳住了机翼,恢复为巡航姿态——而杨戬的"哪吒"却不紧不慢,早已在女孩的屁股后面恭候多时了。

她输了,虽然不太甘心,但这是早已在预料之中的结局,不只是因为飞机性能上的差距,女孩知道,自己和杨戬本身就不是一个级别的选手——她甚至觉得,即便两人的飞机调换过来,由她来驾驶"哪吒",杨戬来驾驶 J21Z,结局说不定也和现在一样。

"哪吒"没有发射航炮,反而靠了过来,就贴在 J21Z 的左侧,女孩甚至可以透过"哪吒"的驾驶舱玻璃,看见他戴着面罩的脸。

"白鸟……你听我说……"他的声音断断续续,还带着非常激烈的喘息,显然刚才的缠斗对他的身体而言负荷不小——毕竟,如果资料没有错的话,他今年已经有四十多岁了,"我切断了黑匣子上的自动录音……我希望你也能这么做。"

女孩大惑不解:"为什么?"

"我不希望我们接下来的对话被……被任何人听见。"他润了润嗓子,"我有话……有话要对你说。"

"怎么?你要说服我加入中国空军吗?"女孩笑道,"抱歉,我马上就要退役了呢。"

"退役?你?"

"是啊,离开卡奥斯城航空队,然后像其他普通的女孩子一样生活,平平淡淡地过完余生。"女孩顿了一下,"另外,你有话就放心地说吧,我的飞机上根本就没有黑匣子,也没有人会对我录音。"

"你——白鸟,对吧?是叫白鸟对吧?"

"是的。"

"你一直……一直认为自己是个女孩子吗?"

八　虚妄的影

女孩愣了一下,不知他这句话有什么言外之意:"你什么意思?"

"白鸟,你猜得没错,我的任务不是来演习,而是想借机搞清楚ZOMBIE系统到底是什么东西,"杨戬渐渐恢复了不紧不慢的语调,"也就在刚才,我完成了对你的整机扫描——从里到外。"

一个半公开的谍报任务——就好像是悬挂在低轨道上的侦察卫星一样,你明明知道它在监视自己,却连外交抗议都无法提出。

"你的诚实很可疑,"女孩冷冷地道,"我不相信中国军方会允许你对我说这些话。"

"所以我关掉了录音。"

不知为什么,女孩突然有些不安。从逻辑上说,杨戬不像是在撒谎,因为整场演习中,他一直试图与"彩虹公主队"接近并拖延时间——如果是想要对自己的战机进行全面扫描,这种诡异的行动便完全可以理解。

"那么,你说吧,我保证不向别人透露今天的对话。"

"我还是那个问题,你一直认为自己是个女孩子吗?"

"怎么?"女孩有些尴尬地笑道,"难道你扫描后发现我是个男的?"

"不。你看过自己的模样吗?在机舱里的模样?"

女孩欲言又止。

"我把扫描的图像传给你,孩子,这用不了几秒钟的时间。"虽然平静如初,但女孩还是能在这个中国人的声音里听到那么一丝丝惋惜,"我得承认,有生以来我还是第一次这么想要与我的对手见面,我想见见你的样子,看看你到底是个怎样的了不起的小家伙。和你交手的几分钟里,我一直在惊讶,卡奥斯城究竟用了什么办法,让未成年的小姑娘达到和我一样的境界。"

"啊,算了,"即便是通过无线电通话,他的叹息声依旧绵长而沉重,"万物皆有因果,今天能在这片天空下与你交手,我感到非常幸运,白鸟,我真心祝福你也能得到幸运女神的眷顾。杨戬,离线。"

对话戛然而止，他骄傲的战机在艳阳下侧向旋转一周——向女孩示意之后，便带着胜利者的喜悦与寂寞，转瞬消失在下方的云海，只留下不知所措的女孩，和机载电脑上映出的令人绝望的真相——

在她的J21Z里面，压根儿就没有一个躺着的少女。

机舱前侧，在那个女孩以为本应该是"我"的位置上，布满了错综复杂的线路和电子元件，它们就像原始丛林中的灌木，簇拥着位于中央的花朵——

一颗小小的球形金属物体。

在球体表面的深色部分，印着两行短短的词组，第一行是"ZOMBIE系统编号0315"，第二行是"白鸟"。

女孩思考着杨戬的话，看着他传来的图像——也许这个中国人说得没错，"万物皆有因果"，女孩试图寻找这一切的缘起，在混沌的思绪之中，无数属于过去的画面又一遍遍在脑海里打起转儿，她想哭，却不知道应该从何处开始悲伤。

哦，是的，她偶尔还能记起那一天。

很多年以前，在模糊的记忆深处，在那个海边的小镇。

碧蓝的水，耀眼的天，精巧细致的贝壳，鬼斧神工的珊瑚，还有古铜色的美丽微笑——那是女孩的故乡。

一个宛若天堂的地方。

还记得那天涨潮的时候，海水漫过了草屋的木头支脚，女孩坐在门槛上，手里捧着椰果，像往常一样，看着沙滩上的寄居蟹——

这些可爱的小生灵，仿佛天边多变的云彩，来来回回，时聚时散。

女孩已经想不起来了，究竟是从什么时候开始，她渐渐遗忘了这一切，它们掉在地上，落在海里。这些消失的记忆，就像那天海平线上的夕阳，一去不返，只留下支离破碎的片片霞光，不时地在心间闪耀。

最后的印象，是两架飞机从头顶匆匆掠过，伴着刺耳的尖啸划破长空，为昏黄的苍穹刻上两道平行线。

在这一刹那，女孩突然明白了。

并不是她想不起来过往的故事，而是因为她原本就不曾拥有过它们。

那些都是幻影，那些没有具体时间、没有具体地点的场景，那些被女孩久久珍藏、视为记忆的东西、视为人生唯一可以被保留下来的残片——其实都是幻影，都是人为编造的，属于某个少女的童话故事。

而作为人的她，生而为人的她，根本就没有存在过，她只不过是一架量产型歼击机里的操作系统，只不过是一个自以为有过去的可笑玩偶。

她本身就是虚妄的影，除了"白鸟"这个代号，其他的一切喜怒哀乐都不具备任何意义。

"白鸟！"

无线电突然响了起来，是丽萨那焦急的声音——

"白鸟！演习结束了，中国人说他们的'哪吒'出了机械故障，临时退出了！白鸟！你在听吗？收到请回答！"

对！就是这个正在大呼小叫的女人欺骗了她，欺骗了她一辈子，这个女人和基地里所有的大人一样，一直在利用她，一直在隐瞒真相。

"白鸟！白鸟！收到请回答！我的天，你可千万别吓我！出了什么问题吗？"

女孩似乎能想象出丽萨心急如焚的模样，不知为什么，竟然有些心酸起来。

等等，女孩意识到，这种感情应该……应该也是假的吧？音频和视频信息在几个自律回路之间传导，发出不同的回馈与指令，然后在中央处理器里交汇，化作被她误以为是感情的东西。随之而来的疑问，让女孩突然又冷静了下来：

如果她只是一台战斗电脑，为什么要给她配备感情和回忆这些多余的东西呢？她也许永远不会得到答案。

"这里是白鸟。我们赢了吗？"

"哦！谢天谢地！你终于吭声儿了。对，我们赢了！白鸟！天哪！我们赢了！你简直是神了！"丽萨的声音里带着哭腔，"我都不敢想象你能在杨戬面前撑过5秒钟！今后二十年，人们都会反复传颂你在今天的表现！我们要把它拍成电影！名字就叫'DX118的奇迹！'你现在感觉如何？还好吗？飞机有什么问题吗？"

"没，我很好。"女孩顿了顿，"丽萨姐……"

"嗯？"

"谢谢你。"

也许，丽萨真是一个罪该万死的骗子，但现在的女孩还是不想让她伤心。

九　白鸟

即便作为一个没有孩子的单身女白领，丽萨的新车还是让人觉得有些奢侈。一般来说，像 HCV9 这样的百万级重型越野车，只有喜欢显摆的阔佬和无聊的公子哥才会开进城里。尤其是在卡奥斯城这种有时候连骑自行车都会堵车的地方，操纵六个轮子的大家伙显然需要莫大的勇气和耐性。

"我们这是要去哪儿？"索菲戴着网球帽，嘴里叼着棒棒糖，懒洋洋地倚在副驾驶的位置上，依旧板着脸。

从手续上来说，"黑色新娘"的代号已经抹除，索菲正式离开了生活多年的卡奥斯监察军，但就心理上而言，她仍需要许多调整和改进以适应外面的世界——从她僵硬的表情开始。

丽萨斜了一眼后视镜——镭曼公司标志性的"方尖碑"大厦正渐行渐远。她们驶上了环绕卡奥斯城的一号高速公路，很快就会离开码头区。

"先带你去学校报到，"丽萨用食指点了点握着的方向盘外沿，

"然后是和你亲爱的校长同志见面,把你的简历和档案交给他,还得向他解释你是个多么不招人喜欢的野丫头。"

"丽萨姐……"索菲忽然欲言又止。

"怎么了?"

"我有点害怕呢。"少女把目光移向窗外,卡奥斯城的高楼大厦像一把把指向天空的利剑,美,而且带着威严,"马上就要去做一个普通的女孩子。"

"是啊,恭喜。"丽萨微微笑道,"你马上就能坐在教室里上课,躺在操场上晒太阳了。"

"我是说真的,丽萨,"女孩面露难色,"在我开始懂事之后,就从没有离开过监察军的基地,我不知道外面是什么样,以前充满了憧憬,现在反而有些担心,我……我不知道自己准备好了没有。"

丽萨双手离开方向盘,打开仪表盘旁边的小抽屉,从里面摸出一根香烟,慢慢地点上。

"没有担心是不可能的,"她轻轻吸上一口,顿了顿道,"外面的世界充满了诱惑和艰险,有的人走到了生命尽头,也没能学会在那个丛林里的生存法则。你越是成长,就越会明白,真正的战场既不是在天上,也不是在地面,"丽萨点了点自己的胸口,"而是在人与人的心中。"

"嗯。"索菲似懂非懂地点点头。

"只是你现在担心也没有用,小丫头,"丽萨转过脸,对着索菲笑道,"你只要老老实实地听老师的话就可以了。至于做人的道理与方法，需要穷尽一生的精力与时间去学习，这个急不来的。"

做人没那么简单——丽萨实在太明白这个道理了，光是有足以匹敌人类的智力和技能，并不能让一件东西变成人——或者类似的什么东西。

"你瞧，人之所以为人，"她似是自语地道，"是因为他拥有人的情感——爱，恨，愤怒，怜惜，忧伤，喜悦……没有这些，即便有人的身形，最多也只是披着人皮的禽兽或木偶。"

丽萨语塞了几秒，她被一个突然闯进脑海的问题哽住了喉：是不是拥有了人类的情感，就可以称为人呢？她看了看有些莫名其妙的索菲，轻轻摸了一下女孩的额头："你的那些队友，红猪、蓝龙、白鸟……你会想它们吗？"

索菲沉默不语，又一次把视线移向窗外，好像是在刻意回避着丽萨的问题。

"嗯，也是，为什么要去想它们呢？"丽萨把左手搭到车窗外，上身放松，靠在座椅上，"只不过是用集成电路与二进制编码堆砌出来的虚妄，即使能像人一样说话，像人一样思考，像人一样有喜怒哀乐，它们能被认为是人吗？能获得被人想着的权利吗？"

"丽萨姐，"在沉默了一阵后，索菲终于憋不住开口道，"讨论哲学问题是你们大人的事情。至于我想不想我的队友，想不想基地里面的其他人，"她摊开双手，露出一副颇委屈的模样，"那并不取决于我，不是吗？给我洗脑的圣骑士决定了我的过去，而就我自己来说，我宁可一点也想不起来，谁都想不起来——这我跟你说过的，对吧？"

一个极力想要忘记过去的少女——索菲觉得只有这样才能真正开始平凡人的生活，可不知为什么，圣骑士团只删掉了有关通行密码的记忆，而在基地里发生的绝大部分故事——包括那些在天上发生的部分，都历历在目，格外清楚。

"可它们中有人在想你呢，"丽萨语重心长地道，"就在昨天，监察军为你办理离队手续的时候，白鸟还问起你呢。"

"白鸟啊，"索菲顿了好一会儿，"它现在怎么样了呢？是不是也被……"

"嗯，"丽萨点点头，"和其他 ZOMBIE 战斗系统一道被删除了，就在今天早上。"

"没有别的选择吗？"

"监察军的规矩，没有办法，我们都是一批一批地更换系统。"

"但是！"女孩争辩道，"不是已经证明它获得了拟人级的智慧了吗？"

丽萨一惊，她没想到这个信息竟然也被圣骑士团给保留了下来——这可是刚刚被列为卡奥斯城最高机密的情报。

"看，你果然还是在想着它的。"

"不要回避问题呀，丽萨姐！"

"ZOMBIE 系统的目的又不是为了创造出和人一样的人工智能。"丽萨冷冷地道，"索菲，你是军人，我也算是半个军人，雇用我们的组织，是卡奥斯监察军。无论是我的研究，还是你的训练，还是在白鸟身上进行的试验,一切说白了都只是为了能够在未来的战场上获得一丁点儿优势。"

"所以你们赋予了它情感?为它编造了一堆根本就没有存在过的记忆?"

这是一个相当复杂而尖锐的问题。

丽萨略作思索:"算是吧。ZOMBIE 是具有学习能力的人工智能,但不是每一台都能获得相同的成长率。在使用了半年之后,监察军发现那些具有简单人格的 ZOMBIE,比那些严格遵守命令的同类更加优秀和高效。于是,在持律者议会的授意下,航空队从镭曼公司招募了一批专门研究人工智能的程序人员——"丽萨用大拇指轻轻按了按自己的脑门,"也就是像我这样的技术尉官,我们先后建立了三支试验小队。"

"包括'彩虹公主队'?"索菲问道。

"是,而且是到目前为止,唯一参加过对抗演习的一支。"丽萨不无得意地道,"我们根据以往的经验与数据信息,发现了模拟人类情感的钥匙,让三个普通的 ZOMBIE 战斗系统获得了类似于十六七岁少女的人格,蓝龙和红猪都不算很成功,但白鸟堪称完美。"

"你提到'模拟人类情感的钥匙'?"索菲皱了皱眉,"那是什么样的东西?"

"很简单,是回忆,"丽萨清了清嗓子,"是思念,是牵挂,是对过往的羁绊和憧憬,即便这所有的一切都只是虚幻,是人为编造出来的故事。"

"但白鸟也不会怀疑,对吧?"索菲插话道,"它是那么相信你,是那么相信我们这些人类。"

"是的,"丽萨微微点点头,"与复杂的人心相比,白鸟的确是太过单纯了。"

"你们给了它女孩子的记忆,当然也就只能生出女孩子的人格。"索菲带着一丝感伤,摇了摇头,"到头来,我们这些自诩为万物之灵的人类,为了能够更好地进行战争和屠杀,连一台电脑都要欺骗。"

丽萨沉默了。这可真是讽刺——她心想,作为一个货真价实的人,索菲残缺的情感恐怕还需要许多磨砺才能达到女孩子的标准,而满腔少女情怀、多愁善感的白鸟,却根本连做人的资格都没有。

"要我说的话,你们欺骗的不只是一台电脑,"索菲继续道,"而是一个单纯的少女和她柔软善良的心。"

"哟,还柔软善良的心,"丽萨忍住笑意,轻声揶揄道,"这句话挺酸啊,是在哪本言情小说里学的吗?"

索菲露出略带厌恶的脸色:"你难道就一点也不伤心吗?他们销毁白鸟的时候,你在场吗?"

丽萨把烟熄灭,塞进车窗下方的烟灰缸里。恰在此时,越野车驶出了一号高速公路,进入了卡奥斯城的中央区环线。

"其实,最后为白鸟关闭电源的人,就是我。"

索菲愣了一下,"你?"

"你应该为它感到高兴才对，索菲，"丽萨微微笑道，"地球上的电脑系统何止千万，有几个能成为白鸟那样的传奇？白鸟的生命虽然短暂，但充满了意义，它的程序代码就像基因，必将运用在未来的每一台拟人人工智能里面。一个单纯的军备竞赛产物，也许会成为改变历史进程的火种。索菲，你想想看，我们每个人来到这世上时，不带片衫，离开这个世界时，也只有思念相随。人终有一死，而能像白鸟那样成为人类文明的推动者，难道不是无数人为之奋斗一生却没有能够实现的梦想吗？"

"但你们考虑过它的感受吗？"索菲反驳道，"它需要的是这些吗？白鸟从来没有想到过什么人类的文明、世界的历史，它只是想要做一个普通的女孩子而已。而你们扼杀了它这点小小的希望，把它的生，变成了死，毫无怜悯。"说完，索菲重重叹了一口气，像是闹起别扭似的，又把头转到窗外。

丽萨却诡异地笑了起来，她没有说话，直到车子离开环线，驶入一条靠近公园的小巷才开口道："我说过白鸟被销毁了——我亲手执行了这个命令，但我可从没说它已经死了啊。"

索菲疑惑不解地转过头，盯着丽萨。

"人格这种数据化的东西，比一整台 ZOMBIE 战斗系统要轻便小巧得多，"丽萨从上衣口袋里摸出一根黑色的数据记忆棒，"我一开始也不敢相信，所谓的人，压缩之后用一块硬盘就能装得下。"

索菲一把抢过丽萨手里的记忆棒："难道你把白鸟带出来了？它就在这个里面？"

"哦不，傻丫头，当然不会那么简单，"丽萨摇摇头，"我只是打个比方而已。"

索菲像泄了气的皮球，把记忆棒随手丢在座椅上。就在这时，她低垂的目光恰好扫到了越野车的离合器——丽萨并没有踩在那上面，但它确实在动。索菲突然想起来，从离开镭曼公司的方尖塔、进入一号高速公路之后，丽萨就一直在忙着和她聊天——中途还抽了半根烟，连方向盘都没有摸过一下。

"等等，丽萨姐，"索菲皱起了眉头，"是谁在开车？"

丽萨耸了耸肩："你猜。"

春晓行动

它更配得上这个世界。

一

听说"大霜"初现的时候,他们正在打一场世界大战。

我不知道那是第几次世界大战,也不知是谁在打谁,对于二十年后才出生——或者说,出产的我而言,那实在是过于遥远的故事,毫无意义。

"你听着,阿雪,不要留恋曾经发生的过往,而要在意即将出现的可能……"

那位被我们所有孩子称为"母亲"的人工智能,总是用极温柔而舒缓的语调对我重复着这个小小的教诲:"你是钥匙,就去寻找打开明天的锁;你是火炬,就去消灭属于过往的寒。当有人问起你'该怎么办'时,记住我的话,然后相信自己的判断,选择那个最好的未来。"

在我所生活的那座恒温穹顶之下,到处都能看到由钥匙与火炬组成的纹章,而在每一个象征着启迪与希望的纹章之下,又总能看到行色匆匆的工人与学者。穹顶并不大,站在中央的电梯塔上,一眼便能从一边的尽头看到另一边的尽头。在巨大的玻璃墙外面,是雄伟的楼宇与群山，以及与之并不相称的、围满穹顶四周的简易住宅和行尸走肉一般穿着破旧保温服、等待每天一次粮食救济的难民。

在我有记忆的那几年里，穹顶之外的世界总是飘着白色的花瓣，时密时疏，样子有点像是生物实验室中的可爱小花，"母亲"告诉我，那就是"雪"，现在的人类憎恶它、恐惧它，觉得它带来了苦寒与灾厄，但当它完全停歇的那一刻，意味着"大霜"已然君临天下，万物都将在漫长的严寒中陷入长眠。

穹顶内永远都是22摄氏度，"母亲"说这是最适合人类生存的温度，但对我来说，实在是有些太热了。我和其他孩子们曾不止一次地提出想要到外面的世界去看看，但都被拒绝了。"母亲"说等我八岁，也就是成年之后，就能不借助保温服在零下20摄氏度的环境中活动，但她说这话的时候，穹顶外的气温已经降到了零下25摄氏度，而且还在以一个缓慢而又令人绝望的速率不断下降。我无法想象生活在玻璃墙的另一边是怎样一种体验，但看着穹顶周围越聚越多的简易住宅和难民，不禁开始有些害怕起来：

"这些人，明知道不可能被放进穹顶，为什么还要聚在这里呢？"

"那是因为，""母亲"回道，"哪怕是能看到墙这边的希望，他们也就有了活下去的勇气。"

偶尔，阳光灿烂的日子，漫天白雪会在一道炫目的闪光后被扫净，数十上百架飞行器在碧蓝的空中列队飞过，只留下普照大地的春光和难民们震天动地的欢呼。我记得最初几次，穹顶内的人们也会兴奋地驻足观赏，相拥而庆，但随着阳光降临的频率越来越低，出现的飞行器越来越少，就连他们的情绪也日渐消沉。

唯有负责照料和教育我们的"母亲"自始至终都不为所动，她就像一台精密的机械钟，每个零件都按照规定好的节奏与速率运转，无论外界施以多大的压力，她都有条不紊地执行，绝不提前一分也绝不迟到一秒。

终于，飞行器再也没有出现，阳光再也没有降临，在一场几乎把整个穹顶都覆盖的暴风雪之后，士兵与他们的领袖找到了"母亲"，当着所有孩子的面，他们泪流满面。

这些勇士失去了他们的家园。"大霜"肆虐的十天里，气温下降到了零下 60 摄氏度，那超出了绝大多数地表设施的承受极限，也就意味着，至少百分之五十以上的人类在这十天中化为了冰尘——当然也包括围在穹顶外的那些。

"母亲"第一次，也是最后一次改变了自己的日程计划，她决定提前派出所有的孩子。

"记住你的使命，阿雪，"在我进入休眠之前，她不断地叮嘱着，就像是目送独子远行的老母，"化身钥匙，点燃火炬。"

"化身钥匙，"我默默地重复着，仿佛祈祷，"点燃火炬。"

那一天，公元 2129 年的 11 月 13 日，离我的八岁生日还有二十七天，"春晓行动"正式启动。

这一切的一切，都已经是两万年前的事了……

而距离"大霜"结束，还有九万年。

二

休眠仓打开的那一刻，非自然的刺眼强光直扑于面，带着怪味的空气也一并涌入，我咳嗽着……也许是尖叫着，意识从无端的黑暗中苏醒，重又回到了这具沉睡许久的躯壳内。

出现在我眼前的，是几个身材娇小的年轻人，他们穿着我从未见过的白色连体服，背着与他们的身形不成比例的巨大背包，用像是在检查重病患者似的神情上下打量着我：

"身体状况良好，肌肉萎缩在可恢复的程度之内，预计修补时间大概是……十五小时。"其中一个留着齐耳短发的女孩伸手将我的眼皮撑开——她并没有明显的性征，直到她开口说话时，才能确定她的性别，"开始虹膜扫描——"我没有看到她拿出任何可以扫描虹膜的设备，"扫描完毕，身份确认，黄道面协约国，秦岭卫戍区第一科研兵团所属，基因改良项目'雪童'最终产品，'春晓行动'密钥人，编号12。"

"叫我阿雪就行了。"我试着笑脸相迎，他们中的大部分人却仍是面无表情，只有两个留了马尾辫的家伙点了点头，"……你们是工程部的人吗？"

他们面面相觑，最后都看向了一个短发的女孩子，她的装束和其他人有些区别，但同样也背着巨大的、好像棺材一样的长方形背包。

"你好，密钥人，"她的鼻音很重，听起来有些嗲气，"我们是艾尔实验室出产的永动型拟人构造体，我是负责记录与信息支援的P05，"她转过身，指了指刚才点头的那两个马尾辫，"这两位是负责警戒与侦察的C09、C10，剩下的是负责保卫与具体执行的D系列，"她摊手示意周围，"从D39到D41，当然，还有我们的队长，D42。"

这和……说好的完全不一样，我既没听说过什么"艾尔实验室"，也没听说过"永动型拟人构造体"，但对方的数量优势以及手里端着的那虽然从未见过但应该是"枪"的东西，又让我不得不姑且信之……毕竟，我只是钥匙，只需要去寻找属于我自己的锁就行，希特勒复活也好，外星人入侵也好，都跟我毫无关系。因为按照原定的计划，我苏醒的时间应该是在"大霜"降临后的第八万年，之前所熟知的一切——国家、民族、历史、文化，都应已在沧海桑田的伟力之下变得物是人非。

"无论如何，你们是来执行'春晓行动'的吧？"我问，"预定的时间已经到了？"

"不，没到，但我们就要来不及了……确切地说，是你就要来不及了。"P05慢条斯理地解释着，一点也不像来不及的样子，"我们按照艾尔实验室的计划，于六个月前结束休眠并出发寻找你这样的密钥人，提前开始了'春晓行动'。"

"提前开始？"我隐隐有了种不好的预感，"提前多久？"

"提前了一万年，兄弟。"说话的是另一个留着披肩长发的少女，她有些不耐烦地指示其他人一并动手，将我抬出了休眠仓，"在你进行机能恢复的时候，让 P05 给你慢慢解释吧。"

她的语速很快，连体服上印着一行小字——"D42"。

在穹顶之下生活的时候，我也曾见过自律型的机器人，她们虽然远不如"母亲"聪明灵活，但能够听懂简单的指令，甚至互相配合完成复杂的工作。但眼前这些构造体，却完全是另一种东西，她们的身体并非粗砺的钢筋铁骨，反而柔韧且细腻，既可以像工程用的机械那样举起数倍于体重的岩石，又可以扭曲变形成人类不可想象的姿态。而最神奇之处在于，她们那小巧的身躯所容纳的处理器，所表现出来的智慧与情感反而比"母亲"更像是人类——她们会思考，会交流，会在等待的时间用我听不懂的、电流杂音般的语言闲聊，那两个 C 型甚至会互相逗乐，笑得前仰后合。

毫无疑问，生产她们的技术远远超过了我休眠时的那个年代，人类在经历了毁灭性的十天霜降之后，并没有把所有希望都寄托在我这样的改良人种之上——这也正是"春晓行动"的意义所在。

如果不出意外，休眠仓会在唤醒前对我的身体机能进行为期一周的修复，但这道工序被构造体们代劳了，很难相信她们用一支注射剂就能完成原本需要一整套复杂医疗设备才能实现的工作。

"情况是这样的，阿雪——"在修复快要结束的时候，P05 向我解释，"你是我们找到的第一个也是唯一一个存活的密钥人，因此我们很可能就是这个世界上仅存的一支救援队了。"

"救援队？"我从没想过自己会和这个词产生关系，"救援谁？"

"任何人，"她耸耸肩，"如果他们还在的话。"

三

我一直觉得，工程学不是一门科学，而是一种魔法。

它帮助人类在茹毛饮血的蛮荒时代架起了上百吨重的巨石阵，在衣难遮体、食仅果腹的漫长岁月中建造了数十座金字塔，直至其后的巴黎铁塔、胡佛水坝……工程学成为人类挑战自然法则的利器，创造了一个又一个的神迹，直至自然打出了一记真正的反击——一段烈度远胜过往的超级冰河期。

"大霜"产生的根源远在太阳之上，当时还处于战乱之中的人类对此无能为力。一个又一个从论证到执行都看似完美无缺的计划，在实施后都被证明对维持地球的生态系统而言只是杯水车薪，对立的阵营联合起来，决定放弃拯救整个行星的奢望，转为选择逃避，让人类文明而不是人类整体能够苟活下来，等待"大霜"结束。

根据近日探测器发回的数据，科学家们经过精确计算，预测超级冰河期将会持续十一万年，并在差不多一万五千年时达到顶峰，之后开始缓慢衰退，到第十万年时，便会减弱到类似于历史上大冰河期时的水平。

对历史上所有的工程学家而言，要建造一种能够屹立十万年的设施完全是天方夜谭，但在我所处的那个时代，人们竭尽全力，把这个数字极限延长到了三万年——我预定醒来的时间。

确定了这个极限之后，所有的救世计划都围绕它而展开：三万年后的地球仍被冰封，但环境正在好转之中，所谓的"春晓行动"，便是要以人工手段加速这种好转——它并不是某一个计划或者某一项工程，而是不设上限的所有计划与工程的总和，后世的每一次尝试、每一个设计，都无须经过任何人的批准，只默认地加入进来，并在时机来临时同步启动。而考虑到时间跨度和环境变迁，要建立一个协调统筹全局的机构可能十分困难，相对而言，训练一批专门用来寻找和启动计划的人显得相对可行，这便是密钥人——也就是我这样的"雪童"诞生的原因。

"这些我都知道……"我听完 P05 的介绍后已经可以摇头了，"但这和你们提前唤醒我有什么关系呢？"

"因为你们算错了呀，"P05 无奈地笑道，"在你诞生的那个时代，22 世纪，人类相信自己的造物可以在完全死寂的冰冷地球上正常运行三万年；但在我诞生的那个时代，36 世纪末期，最后一小批科学家经过更精确的计算，认为以之前技术和材料制作的设备，没有一件可以坚持那么久。"

所以，工程学真正的敌人不是包含了整个宇宙的自然……而是游离在宇宙之外的时间。

"我们奉命休眠的时候，艾尔实验室也已经濒临瓦解，"P05 继续道，"作为工业基础的生产和采集体系崩溃之后，修复变得不再现实，所有的伤害都变成不可挽回的损失，当维护设备的设备也停转之后，原本精心筹划的设计就变成了一张废纸——在这个经由数学论证而得出的末日到来之前，我们将会苏醒，并启程寻找密钥人。"

"我们立誓不惜一切代价保卫人类，至死方休，"D42接过P05的话，将一套看起来非常轻便的白色防护服送到我的面前，"密钥人，你愿意履行责任，帮助我们一起执行'春晓行动'吗？"

"我……试试吧。"

"那我们也在此立誓于你——"D42用左手按住自己的右肩，微微欠身——这兴许是她们那个时代的行礼方式吧，"将会不惜一切代价保卫你的生命，至死方休。"

我注意到，只有那些D字开头的长发构造体行了同样的礼，P05漠然地站着，而C09与C10甚至还相视一笑。

四

我原本以为自己是在穹顶——至少是穹顶的残骸之下，但离开休眠仓所在的山洞之后，我发现外面的世界竟然如此陌生。

没有穹顶，没有难民营，也没有城市，连群山也不在它原本的位置上，甚至都不是一样的形状。仅仅是两万年的时间，人类于此地所存在过的一切痕迹，都消失得无影无踪，剩下的只有一片白到晃眼的苍茫大地——而他们原本的计划竟然是还要再撑一万年。

　　万里无云，也不见一片飞雪，太阳挂在碧蓝的晴空之上，明丽耀眼，但我知道它只是一位有气无力的病人，无法靠自己的力量救活这个静默的世界。

　　气温是零下 72 摄氏度，就算是对我这种为了适应严寒而调整过基因的"雪童"，也无法在这种环境中活过哪怕五分钟。即便穿着 D42 提供的、理应是未来世界的防护服，我还是能感觉到那股深入骨髓的恶寒……因为它无处不在。

　　小队有一大一小两台载具，全部都是看起来貌似旧时的轮式驱动——在这完全被厚厚白雪与冰层所覆盖的世界里倒也算是足够。载具的引擎对我而言简直像是外星科技，它轻便小巧到不可思议，却又提供着堪比远程轰炸机的强劲动力，可供车子在地上以每小时数百公里的速度狂奔不歇。

　　载具似乎是完全自律的，在我告知了第一个地点的坐标之后，它便掉转了车头开始前进，并没有任何人去驾驶，车内的几个构造体甚至开始了聊天。

　　在我的记忆里，聊天这种行为通常伴随着吃吃喝喝，这让我突然又想起了另一个十分关键的问题：

　　"你们的补给从哪儿来？要找全'春晓行动'的密钥人得跑遍大半个地球，可能要好几年甚至更长的时间。"

　　"补给？"P05 沉默了一秒，"你是说食物吗？我们有为你准备的营养胶囊，一天一颗，足够你用五年的。"

"那你们呢?也吃那个?"我没有听说过什么营养胶囊,但从字面上来看,应该不会是什么好吃的东西,"车子呢?燃料要怎么办?"

"我们?我们是永动型的构造体啊——"她指了一下身后的巨大背包,"这是便携式的热核反应堆,每台雪地车上也有一个。"

"便携式热核反应堆,"我虽然不是专业的科研人员,但出于对"春晓行动"了解的必要,我还是明白她轻描淡写地说出的这个名词意味着什么,"你们都有这样的技术了,应该根本就不怕什么'大霜'了吧?"

"它在启动之后,也只能工作几十年而已。"P05微笑着回道,"在'大霜'面前,它不值一提。"

五

在我看来,P05的话多少有些添油加醋了。作为"春晓行动"的存在前提,人类在地下与海底修建了数以百计的"避难城市",除了利用地热与海底热泉,核能发电就是它们获取能源与热量的唯一途径,如果能将庞大的热核电厂做成背包,那对人类在超级冰河期中的生存能力可以说是有颠覆性的提高。

但在抵达了第一个目标地点之后,我发现自己大错特错了。

这里被称为黄道塔,是个依山而建,包含了地表穹顶、地下住所与山体要塞的复合型避难城市，也是黄道面协约国的新首都；在理论上讲，这里应该储存了整个东半球关于"春晓行动"的一切资料。

在离坐标大约五公里时，我们看到了第一座"人造之物"：一排像是碉堡的建筑，中间以矮墙相连。虽然它们都已经完全被冰雪所覆盖，没有一点生气，但还是让我信心大增——这里并不在黄道塔的边界内，也就是说，当"大霜"完全覆盖地球之后，这里的同胞们依然想办法进行了扩张。

但没过多久，我的信心便迅速消散——在通往黄道塔的路上，不断能看到光怪陆离、明显不属于同一个时代的各种建筑，高高矮矮，参差不齐，全都没有被使用的迹象，更别说是在其中看到任何人影了。

坐在前边一辆开道小车里的 C09 和 C10 要求对这些外围建筑进行检查，她们甚至在 D42 的命令下达之前就停下了车，带着武器走出舱门。

"这些猫咪简直是无组织无纪律。"D42 略带愠色地示意其他人也跟上。

除了武器和背包，这些构造体没有携带任何额外设备，但都像我一样戴上了头盔——她们显然不用呼吸，应该也不害怕寒冷，所以这让我有些费解。

"道理就和我们也要穿防护服一样，这可以保护分散在表皮上的传感系统，"P05 一边解释，一边敲了敲自己头盔的玻璃罩，"尤其是在面部，我们的主要知觉设备都集中在这附近。"

"所以为什么非要把你们设计成人形呢？"我反而更迷糊了，"在我那个时代，机器人都被做成各种适合工作的模样，四条腿的，长轮子的……就是没有像人的，那样效率也太低了。"

"这你得去问艾尔博士了，"P05意味深长地道，"他说这是神的模样。"

经过检测，分布在黄道塔外围的建筑确实来自不同时代，最近的是在公元2300年左右——它们全部变成了残垣断壁，最远的则可以追溯到公元4300年左右，从其中一段仍算清晰的文字来看，居民们已经放弃了公元，而使用一种似乎和人名有关的纪年法，并且每个"人名"的寿命都不是太长。

在大约五个小时的侦察中，我们步行着逐渐向黄道塔靠近，沿途的建筑使用的都是与我那个时代相似的材料，似乎工程学在这里并没有发展多少。这或许可以解释，为什么没有一栋建筑是公元5000年之后的产物——停滞的技术已经无法应对愈发恶劣的环境，外围的居民应当是最终撤回了黄道塔。

山体上紧闭的大门，足有一百米宽，它的操作装置早已损坏——却明显不是因为"大霜"，而是毁于人手。由于无法从外部打开，也无法与其内部进行沟通，D42与我商议是否要使用武力。

"为什么要问我？"

"因为你是密钥人，"D42解释道，"如果我们的行动会影响'春晓行动'的安危，你有义务阻止我们。"

我起先没有理解她的意思，但在她用上怀里的武器之后就明白了——那看起来只是把水枪的东西，发射出了几股高压液流，在四五米厚的合金大门上熔出了一个足够让两人并排通过的大洞，就像把浓硫酸滴到豆腐上那样简单。

黄道塔内同样是一片死寂，但也许是因为与外界环境隔离的关系，里面的建筑结构基本完好，绝大部分器物与设备在经过了漫长的岁月摧残后都已无法使用，不要说是寻找"春晓行动"的线索，就连一克可以吃的粮食、一片能工作的零件都没有找到。

相比起我生活的穹顶，黄道塔实在是太大了，我们在黑暗中摸索了大约三天，起先还担心会不会遇到什么机关陷阱或者幸存者的伏击，但最后只有 C09 的鬼故事能让我打起精神。最终，根据残损的路标，我们找到了为"春晓行动"而准备的"锁"——那是个被层层包裹且没有入口的球形房间，当我念出"化身钥匙，点燃火炬"的时候，它抖了两下，从内部炸出了一个破口。在构造体们的注视之下，我不安地探身进去，发现里面就仅有一部只有记录功能的数据机而已。

它的结构异常简单而且耗能极低，以文字的形式向我们展示了黄道塔的命运——

在"大霜"刚刚降临的那几年，黄道塔是地球上最大的避难城市，建设者认为要维系一个社会的正常运转，就得尽可能地容纳更多阶层进入，所以这里既有精于种植的农民，也有以一当百的特种兵。形形色色的两百万人口，结合周边数个规模较小的卫星避难城，组成了一个在逻辑上能够生产自救的抗灾体系——对这些同胞而言，"春晓行动"的前置步骤就是行动的全部，他们选择在已经是寒冰地狱的家园生活，一如他们的祖先，无论历经怎样的苦难，都不愿背井离乡，抛弃自己脚下的土地。

但他们还是低估了"大霜"的伟力，原本就已经是满负荷运转、几乎零容错的复杂社会体系，在逐渐降低的温度之下，经受着缓慢而痛苦的考验——无论是生育率的微小下降、排水系统的临时故障，还是精神崩溃者偶尔的蓄意破坏，都会一点一滴地积累起来，虽然缓慢，但在一个封闭体系中，正面因素难以增加的情况下，这些负面因素终归会达到一个阈值，引发更加不可逆的恶果。更不要说那些根本无法预计的不可抗因素——工作人员小小的失误导致负责科研的设施发生爆炸，地壳异常运动引起地下城的整片区域都被废弃，核燃料的意外泄漏污染了数十万人赖以生存的水培农场……哪怕是只有百万分之一的意外概率，在冷酷的时间面前也终会有一天变成百分之百。

当天不再是那个天时，人却还是那个人。愈发艰难的生存环境引发了愈多的不满与绝望，在面对"救哪些人"这种电车难题时，人群自然就会发生分化，分化导致分裂，分裂导致内乱。从外面被锁上的大门象征着某种决裂，而空空如也的设施则说明可能连尸体也变成一种值得争夺的资源。无论过程如何，也无论幸存者们进行了何种程度的尝试，在"大霜"的极限甚至还没有到来之前，黄道塔就已经完全陷落。

"其实他们还挺走运，"C09 开玩笑道，"没有经历过零下 120 摄氏度的人间地狱。"

如果已经是人间地狱了，我想，零上 20 摄氏度与零下 120 摄氏度，又有什么区别呢？

六

回收了黄道塔中的资料之后，我们得到了几个"春晓行动"的坐标点，它们没有标记在最初的计划之中，显然是之后才加入进去的。我们由近及远地一个个找过去，发现其中的大部分都是类似于黄道塔这样的复合型避难城市遗迹——在公元 2300 年左右的一段时间里，避难城市似乎是迎来了它的黄金岁月，黄道塔把自己的成功经验推广出去，并建立了某种意义上的新帝国。但是当罗马沦陷的时候，罗马帝国的命运也就不言而喻了。还有两个坐标点压根儿就没有找到东西，也许是已经被淹没在了地质变化的洪流之中，而我们也没有时间和心情进行考古了。

在被唤醒之后的第三个月，我们来到了原定计划中的第二个主要地点——南京要塞。这里曾是黄道面协约国的总指挥部，在至少两次的核打击之后依然屹立不倒，或者说是迅速重建，成为整个东半球战斗精神的象征。

要塞在大体形状上依然保存完好，它像一座巨大的神殿，在数公里之外便能一窥其伟岸而圆润的躯壳。

与黄道塔的理念完全相反，要塞完全摒弃了建立完整社会的奢求，它从一开始便以军事行动的标准来推进计划，并且是几乎不留退路、赌徒般地付诸全力、孤注一掷。

这一点，从它对待"春晓行动"数据机的态度就可见一斑——整个要塞的防御体系都是为了这个目的而设计，负责建造的工兵在完成任务后就不见了踪影。防御系统完全依靠简单粗暴而易于维护的无人机来运作，仅有极少数军官留下来负责统筹与指挥——为了节约每一分资源，他们舍弃了身体，只剩下装在休眠箱中的大脑。

这些军人根本就没打算坚持到"大霜"结束，他们甚至都不准备坚持到"春晓行动"开始。所有的休眠箱都被设计成只有三百年的寿命，因为按照参谋部的计算，在公元2500年之后，地球上的避难城市根本就无法再组织起足够的军事力量来进行远征，威慑只需要维持到那个时候便已经足够。

当我们抵达的时候，南京要塞的防御系统已经完全失效，在两万年严寒与狂风的摧残之下，外露的炮台与导弹发射架都已扭曲变形，要塞内部的大多数结构也不知为何而倒塌，破损不堪，几乎成了溶洞。

得益于构造体们的工程机械般的力气，我们花了差不多五天时间，终于从废墟中找到了存放数据机的"锁"。军人们的严谨也同样在这个房间有所体现，它不光比对了我的声纹和虹膜，而且还采集了我的 DNA——可由于年代久远设备受损，它压根儿就没能检测出我的身份，到最后还不得不利用构造体手上的液融枪来强行开出个洞。

南京要塞的"春晓行动"非常狂野，这里几乎集中了整个黄道面协约国的所有军火，放置于数百万个被称为"关键点"的位置，这些关键点绝大部分都位于曾经的海面，经过气象学家测算，它们都是巨大冰盖的薄弱之处；当"春晓行动"开始之时，它们将会配合其他项目同步引爆，那足以炸开地表的力量能够撕碎上百米厚的冰层，解放封印的汪洋大海，从而加速环境的复苏。

我拿到了引爆所有军火的中控装置，不敢确定它或者那些武器本身是否还有效，也没法通过测试来验证，但无论如何，这已经算是第一个有意义的成果。作为庆祝，那一晚我还多吃了一颗营养胶囊，味同嚼蜡。

也正是因为这小小的成功，我发现构造体们比想象中还要有人情味，尤其是 C09 和 C10，她们喜形于色，甚至还畅想起大海的模样。连一向不苟言笑的 D42，在讨论下一步的行动路线时，也显得比原来更加亢奋。

我注意到在她谑称 C09 和 C10 是"猫咪"的同时，对方也会回敬称她是"狗儿"，起先我以为那只是单纯因为首字母相同而开的玩笑，从 P05 那里才知道，这原来和制造她们时的设计有关。

"C 系的设计初衷就是独立行动和自由思考，"她解释道，"像警戒与侦察这种工作，更依赖于个人的判断，这一点和猫十分相似。"

"那么 D 系就真的是'狗'咯？"

"对，D 系的特点是忠诚和严谨，是所有行动的主力，负责大部分的工作，缺点是死板和缺乏变通，所以也需要其他人来配合。"

我盯着 P05 微黄的短发："那你呢？你的特点又是什么呢？"

"你说什么动物的首字母是 P？"她哈哈一笑，"特聪明但又不喜欢动手干活儿的那一种。"

七

虽然在公元 2129 年那会儿，大洋还没有上冻，但从未离开过穹顶的我，也并没有机会看到真正的海。

当我们抵达海岸线的时候，说实话还挺失望——因为在那想象中本应该有所不同的远方，只有海天一色的纯白，根本就分不出两者的界线何在……而这个景象，在陆地上也比比皆是，早已望而生厌。

海边的所有设施都被冰雪所掩埋，本应存在于此的一个"春晓行动"据点，也很难再找到确切的位置，它应该是一组百万级休眠仓的所在地，没有任何生活或者研发功能，能耗极低，完全依靠海底的洋流来运转。

据 P05 说，早在她的那个时代之前，人类已经不再奢望于恶劣环境中生存，而是利用仅存的资源，依靠更耐用的新材料建造了许多这样的休眠城市。现在看来，即便是这个手段也不一定管用——那些休眠仓是否还在正常运作，里面的人是否还像我一样幸运地活着，以及到"大霜"结束之后，他们是否还能及时被唤醒，都是个未知数。

C09自告奋勇，提议入海侦察，在打空了整整三支液融枪的弹药之后，我们在深厚的冰层上钻出了一个小洞，简直像是通向深渊的魔窟，而她与C10却激动得像两个发现新玩具的孩子，争先恐后地跳了下去。

背着沉重的核反应堆潜水肯定不现实，所以两人只能利用体内的储备电力行动，这让她们的活动时间被限制在六个小时之内。她们并没能找到休眠仓所在的位置，更别说是"春晓行动"的线索，唯一的好消息是，海底的洋流发动机竟然还在工作，而且似乎一直在被小心地维护着，经年不息。

出水之后的C09显得忧心忡忡："我觉得水里有什么东西在盯着我们。"

"是海洋生物吧？"P05不以为然地道，"深海的生态环境几乎不受洋面的影响，有动植物存活也不奇怪。"

"不，不一样，"C09言之凿凿，"那东西很聪明，跟踪了我们一会儿，却没有暴露自己。"

"那就是头会跟踪而又不暴露自己的聪明动物而已，"D42不屑地道，"走吧，还有一整个地球的人类等着我们呢，不要在低等生物身上浪费时间。"

八

一个月后的事实证明了 C09 的直觉，在我们离开种子岛巨像的那天清晨，我们迎来了这趟旅程中的转折点。

那时我们正围坐在冰封的海湾上，为大家的又一次成功而兴奋不已。种子岛巨像是一座比黄道塔小很多的避难城市，它原本就围绕着种子岛的航天港而建，不光是黄道面协约国，全球绝大部分的航天专家都集结于此，在气候条件与资源越来越不适合航天运输之前，他们仍竭尽全力进行了数百次发射，甚至还在公元 2270 年时建立了一个被称为"露娜"的巨型空间站，来开展人类是否可以在太空中生存以躲避"大霜"的试验……我无法联系上"露娜"，但看着已经只剩小半个残骸的指挥大厅，便不难想象出它的命运。

比起终将会成为无本之木的空间站，种子岛巨像的另外一个工程就堪称奇观了：从公元 2150 年开始，它动员了整个环太平洋地区的技术力量，制造并向太空中发射了一整套规模庞大的回暖系统，最后一批组件在公元 2435 年升空，在那之后，种子岛巨像便以惊人的速度衰落下去，就像是为孕育种子而耗尽了生命的花朵。

在终年肆虐的暴风雪面前，回暖系统并没有多大价值，但当

"大霜"减弱到一定程度之后,这些折叠起来的聚光镜便会展开,将逐渐恢复活力的阳光集中起来投向地表,将至少一个地区加温到可以维持生态圈的程度,在茫茫冰原上,开辟出一片绿洲,然后一寸一寸地夺回这颗星球。

在这一切完成之后,地球上的航天资源已经消耗殆尽,积累下的宝贵经验与技术全都随着这里的荒废而不知去向,人们只把启动回暖系统的方法和设备留存在了"锁"里,设备本身已经老朽不堪,根本无法启动,但构造体们用一种类似油泥的东西将其修复,自检显示,在高轨道中休眠的卫星群竟然还有一半可以激活。

毫无疑问,这是到目前为止最有价值的收获,比起那些异想天开的小敲小打,回暖系统简直可以说是"春晓行动"的王牌,而这还仅仅是人类在最初两三百年内的努力,在那之后到我醒来,还有整整两万一千八百年的岁月。

"别抱什么希望——"P05还是一如既往地冷静与释然,"环境的持续恶化会中断人员与资源的交流,技术的发展会越来越困难,就算获得了突破,也没有办法将它变为现实。"

"但你们不就是技术进步上的明证吗?"我反驳道,"你们身上所使用的材料、智能计算机以及能源系统,比迄今为止所有遗迹里的科技都要先进太多了。"

"那是因为,在我们被制造出来的那个时代——公元3589年,艾尔实验室已经是地球上最后的科研机构了。"P05耸耸肩,"那一年里,气候出现了非常短暂、也许只有几个月的好转,对科学还抱有一线希望的人，包括那些已经丧失研发能力，仅仅是拼死保留着技术文本的人，把他们的成果汇聚起来，送到了那里。你可以这样理解——人类对抗'大霜'将近一千五百年的努力，最终也仅铸造了不到一百个我们这样的永动构造体。"

"一百个？那其他的构造体呢？"

"从没有见过其他人，"D42插话道，"极有可能，成功在预定时间里被唤醒的，就只有我们这一队。就像明明有那么多密钥人，我们也只唤醒了你。"

大概就是在我和别人讨论艾尔实验室的时候，C09发现了冰封之海上的一个疑点。

"你们看到那个了吗？"

不要说是我，就连其他的构造体，也没有她那么敏锐，但D42还是命令队伍分散开来，在C09的指引下向那个尚不能确认的目标前进。

也许是为了不打草惊蛇，也许是为了照顾我迟钝的身手，她们的行进速度很慢——我觉得应该是后者，因为在这一眼望穿、完全无遮无掩的白色冰原上，根本没有躲藏的可能与必要。

当然，那个目标也无处可藏——在大约一公里的距离上，它察觉到了我们的意图，开始以诡异的动作后撤，而构造体们也在同一时刻加速，甚至抛掉了身后的核反应堆。

我没有看清她们是怎样战斗的，那应该只是像狩猎一样的简单行动，转瞬就有了结果。起先，我没有想通为什么这些构造体的戾气那么重，根本没想过先沟通就直接使用了武力，但 D42 的解释也不无道理——她们极有可能是这个世界上的最后一队救援队，而我极有可能是这个世界上的最后一个密钥人，无论如何也要保住这唯一的可能性，不惜一切代价。

倒下的猎物，是一团非常怪异、乍看起来就像是黑色肉块的奇怪东西，大概有半辆雪地车那么大，中央部位类似某种花卉的球根，后部则连有数十条柔韧的触手——虽然我从未接触过海洋，但仅仅是凭借本能，就认定这根本就不是什么海洋动物，浑身上下都充满了一种不属于自然界而是出自工程学的力与美。

在所有人的注视下，P05 不太情愿地将左手轻轻搭在那蛇皮一般长满了鳞片的外壳上：

"成分是百分之四十五的有机体和百分之五十的……"她停顿了好一会儿，"等等，这个部分是……是'赫萝黑泥'啊？和我们身上用的基本素材完全一致！"

"哪个部分？"D42 焦急地问道。

P05 退了两步，脸上带着些惊奇地比画了一下："全部——这个东西，除了肉身，全都是用和我们一样的'赫萝黑泥'所铸造的。"

"不可能，从没在艾尔实验室里见过这种东西，而且把有机体混在里面，不是反而降低了性能吗？"

"我们是没见过，"P05 分析道，"但不排除在我们出发之后，实验室做了改进，也许……这个东西也是'春晓行动'的一部分？"

此言一出，构造体们的注意力自然而然地转移到了我的身上——从理论上讲,只要纳入"春晓行动"之中的东西,作为密钥人的我都应该能够将其启动。

我硬着头皮上前,像做临终祷言一般地念道:"化身钥匙,点燃火炬。"

原本只是想要试一试的行动,竟然得到了这看上去已被击毙的怪物的回应,它微微歪过那球根状的脑袋,露出可能是视觉器官的一只巨眼。

我永远忘不了它用沉重的声音所发出的匪夷所思的遗言:

"然后呢?神啊,然后呢?"

九

构造体们对死去的怪物进行了解剖,它确实拥有属于生物的基本结构,包括完整的进食与排泄系统,但负责行动的外壳和肢体,都使用了被 P05 称为"赫萝黑泥"的超级材料,它们与有机部分完美地结合在一起,显然不可能出自大自然的手笔。

这疑云密布的小插曲,并没能改变我们的行程——C09 很想趁这个机会再调查一下海底,但我们的队长觉得等启动了"春晓行动"之后再来处理它也不迟——毕竟构造体们拥有近乎不朽的体质与一个能运转数十年的核反应堆,总有足够的时间来处理任何事。

·春晓行动·

在简单地整备之后，我们动身前往珍珠城，它差不多位于太平洋的正中央，在我那个时代，到达那里可能需要坐上一星期的船，即便是现在，雪地车依然在一望无边的平坦冰盖上不间断地行驶差不多三天才抵达。

珍珠城隶属于另一个阵营，我并不了解它的技术细节，只听说是一个利用火山提供热量、依岛而建的复合型避难城市。

说实话，我对人类在大洋中央存活两万年这件事并不是很有信心，但它确实拥有一定的优势——海底的潮汐不仅会带来廉价而易取的能源，还能提供在冰河世纪中异常珍贵的食物资源，同时与世隔绝的特性也会大大降低建设初期的动乱风险。

在见到珍珠城，或者说它剩下的部分之后，我觉得这些优势与人性本身的不确定性相比根本就没有多少意义。这里显然发生过一场惨烈的内战，其规模和结果都远比黄道塔的内乱来得可怕，而最让人沮丧之处在于，如果 P05 的检测无错，珍珠城一直坚持到了差不多公元 9000 年左右，而这已经是到目前为止，有活人居住的避难城市中，坚持最久的一座了。

由于整个设施都已经支离破碎，我们花了差不多五天才找到"锁"——它被破坏得十分严重，布满了弹痕和类似宗教符号的刻印，很难想象在这个小小的房间里到底发生了什么，但毫无疑问，一些来自敌对阵营的勇士拼尽了全力，在上百个世代交替之后，在"阵营"这个词本身都已经失去意义的时候，仍牢记着自己的使命，在饥荒、恶寒与破灭中，保护一件他们可能压根儿就理解不了的上古遗物。

最终，他们还是失败了，正如绝大多数我们所找过的坐标一样，珍珠城努力过，挣扎过，不惜一切代价地试着前进，又不惜一切代价地试着苟活，最后却还是成了一片毫无价值的遗迹。

虽然无法从"锁"中获取任何情报，我们还是在一个类似墓穴、存满了干尸的地洞里，发现了一个类似于数据库的设施，无数早已失效的储存元件像书本一样排列在高大的架子上，规模之大远远超过任何我能想象出来的超级计算机。

每个储存元件的外侧都印着一个名字，看起来简直像是骨灰盒，但它与架子之间的接口让 P05 给认了出来。

"这是意识投影啊！全部都是，"她有些吃惊地指着庞大的墓穴，"是一种将思维数据化后上传到电子设备中的技术。我们的父母——艾尔实验室里的所有工作人员都是使用这种方法放弃了血肉之躯，将补给消耗降到最低，才勉强维持了实验室的运转。"

"这里的意识投影太原始了，"D42 接过话道，"很可能是整个技术的起源地。"

"那为什么珍珠城要开发这种技术呢？"我抬起手里的储存元件，想到上面曾经寄居过的灵魂的重量，不禁心生敬畏，"也是为了减少补给消耗吗？"

"他们应该只是单纯在逃避现实而已，"D42 不屑地摇摇头，"躲在自己的思维世界里，他们可以远离一切苦难，幸福愉悦地生活无数个世纪，直到维护中断或者停止供电为止。"

"但如果人人都选择进入这个小盒子里逃避现世，又要靠谁来维护那个虚构的天堂呢？"

"问他们好了——"D42 有些轻蔑地踢了一下地上的干尸，这看似漫不经心的一脚，却将其上半身踢得粉碎，"背弃职责，是一切文明灭亡的开始。"

职责？看着这些尸体身上的装饰，他们也许早已不明白什么意识投影的含义，只是在前世的残迹上，祭奠那些进入英灵殿的先祖而已。

与职责无关，一切文明的灭亡，都是从遗忘过去开始的。

十

在珍珠城的搜索完毕之后，我们对接下来的行动路线产生了小小的分歧——C09 认为地球上已经不可能存在有人类生活的避难城市，不如把精力与时间节省下来，将重点放在那些类似休眠仓的据点里，而 D42 则坚持自己最初的任务。"一个也不能少！"她斩钉截铁地道，"就算我们无法救下每个人，也有责任记录下他们的结局。"

即便是我，都能感觉到 C09 流露出的不满，但她只是撩着头发微微一笑，并没有再争辩下去。

当晚出发的时候，夜空中弥散着一片暗绿色的明丽霞光，像一座横跨无尽星海的长桥，从天而降，一直落到遥远的地平线彼端。霞桥投下的光芒，在名为"太平洋"的巨大冰盖上映出了自身的倒影，我从未见过如此壮观的奇景，更不要说是置身其间，纵车狂奔了。

　　构造体们并不需要睡眠，但她们也无心欣赏天象，而是在行进中仍保持着警戒，死盯着冰面上任何可能出现的疑点。只不过她们并没有料到，袭击并非来自冰面之上，而是来自冰面本身——裂开的缺口将开道的小车直接吞没，虽然 C09 和 C10 以不可思议的反应速度跳车而逃，但对直冲海底的载具却无能为力。冰面上出现的平整切口与之前构造体们打出的痕迹简直一模一样，只不过规模更大——我所搭乘的雪地车像遇上险情的野兔那样挣扎着急停转向，在冰原上划出了一道月牙形的悠长弧线，但即便如此，也没能逃过那以更快速度延长的切口。

　　最终，在冰块倾覆的时候，D42 将我及时地扔出了雪地车，我在冰面上滑行了将近二十米后，还没来得及起身就又落入了一个忽然在脚下形成的裂口。

　　"它们是冲着我来的吧？"在坠海的刹那间，我的脑海中闪现出了这样的疑问，而仅仅是在几秒之后，洋面下蜂拥而至的黑影给出了确凿的答案。

　　沉重的防护服侦测到了环境的改变，自动充起气来，但对于不会游泳的我而言，光靠这个可没法突破围困。构造体们拼尽全力向我靠近，却被数量占据绝对优势的袭击者挡在了外面。在无助的翻滚中，借着防护服上的强光灯，我勉强看清了来犯者的真面目——正是几天前出现在种子岛巨像之外的怪物，它们舞着漆黑的触手，眨着骇人的大眼,一边"神啊,是神啊"这样地低吼,一边向我簇拥而来。

远处的 D 系构造体们,像字面意义上的疯狗一样大开杀戒,试图将我夺回,而怪物群却丝毫没有要还手的意思,其中一头用触手将我裹挟住之后,便立即向东方撤离。它们鱿鱼般的身体明显更适合在海下游动,几秒之后便远远甩开了构造体,快得超乎想象。

"不要怕,神明……"也许是感受到了我的惊惧,它一直用那像撞钟似的低沉嗓音重复着一句似是安慰的话语,"再也没有什么好怕的了。"

十一

在"大霜"初降之时,筹备"春晓行动"的全球精英曾进行过一次激烈争论。其中一派认为用机器来执行计划比人要可靠,因为后者本身也需要机器来维持生命,与其制造一种"能够在冰河时代存活的改良人种",不如把希望寄托在既不怕恶劣环境也不受情绪影响的人工智能身上。反对者则坚持以人为本,觉得一切行动的目的是让文明复苏,让人类重新在地球上生活,时间与环境的变迁同样需要被考虑在内,以当时的技术水平,很难说能创造出拥有这种变通思维的机器人。

各方妥协的结果,便是"钥匙"与"锁"——由像我一样受过训练的密钥人去寻找、解析和审核每一个"春晓行动"的项目,最终在恰当的时刻选择恰当的手段,以恰当的顺序逐一启动,而项目本身则储存在"锁"中,由独立而简易的机械系统负责保管,等待密钥人,或者别的什么有救世之责的东西来解锁。

至少在我看到眼前这个不可名状的巨物之前,这套逻辑没有任何问题。

如果非要形容的话,这个巨物像是一只倒置在冰面上的黑灰色蘑菇,只不过占地面积比我出生的那个恒温穹顶还要大上许多,粗壮的根部更是直冲云霄,比我见过的任何山峰都还要高。

在跃出冰面之后,挟持我的怪物便非常温驯地跟在我的身后,用触手轻柔地指引着方向,而它的同类们则像是围观游街的犯人那样,既好奇又畏惧,随着我的脚步缓缓移动。

这时我才发现,它们的样貌与颜色有着细微不同,个头差异更是巨大——有几个特别肥硕的大怪物看起来都难以用自己的触手站稳,背上却还驮着几个小家伙,就像是带着幼崽的母猴。

但它们显然比猴子要聪明太多,在我走向"倒置蘑菇"的路上,它们不断地用怪异的口音发出呐喊:"看啊!是神!""是神的模样!"诸如此类。我不能确定这个神是我,但由于目睹了挟持我的怪物从体内发射液融弹破开冰盖,也就不敢再违逆它的指引了。

大约步行了一个小时,我才终于抵达"倒置蘑菇"的边缘。更多的怪物从它那黑色的外壁上跳下,加入到护送我的行列。看来,这没有在任何资料中出现过的奇怪设施,就是怪物们的巢穴,或者更准确地说,是属于它们的城市。

有那么一瞬间,我甚至怀疑它们是入侵地球的外星人——那对双方来说,都真是太不巧也太不幸了。

这个滑稽的想法在我碰触到外壁的那一刻忽然烟消云散——墙上并没有出现门或者通道之类的东西,取而代之的,是像蜡油一样滴下的黑色物质,在我面前慢慢凝固成形,化作了一个人形——一个中年男人的形状。

与此同时,身后成千上万的怪物们同时趴伏在地,发出山呼海啸般的欢嚎,继而是沉默。

"你是密钥人吧?"相比怪物,眼前这个模糊人形的言语要好懂很多,"幸会,我是这世间最后的'锁'。"

它轻描淡写地说着一个听起来毫无逻辑的事——所有的"锁"都是依照完全相同的简单规则所建,这个理应传承万年的规则在之前不断得到验证,无论属于哪个阵营、哪个时代,所有"锁"都像无言的墓碑一样默默地静候着后人——确切地说,是前人的解读。

但它不一样——不只是所用的技术超乎想象,就连主动与我交流这一点,都违背了制造"锁"的初衷。

我原先以为它会邀请我进入设施或者至少换一个地方谈话,但是没有,它说这座被认为是城市的东西根本不能进入,其本身就是一台功能完整的独立设备,或者按照它的说法,叫作神殿。

"神殿?"在此前找到的"春晓行动"资料中,我从没有听说过类似的项目代号,"什么神殿?"

"不如等一下再解释吧,"人形抬手指了指我来时的方向,"你的女朋友们要到了。"

这时我才注意到,原本簇拥在身后、如潮水般的怪物群竟然闪开了一条通道,而在远处的冰原彼端,出现了构造体们徒步向这边奔来的身影——七个,一个不多,一个不少。她们依旧荷枪实弹,背着看起来根本就没法在水中行动的大背包,很难想象她们这一路是怎么追过来的。

D42虽然没有气喘吁吁,但还是能从那近乎狂乱的动作上看出其焦虑与愤怒,相比之下,P05看到这个黑色人形时的神情就值得玩味了。

"你是……艾尔博士?实验室里的那个艾尔博士?"

"它是真的艾尔博士……或者说是它用意识投影制造出来的影像。"

"不,"人形指了指自己的脸,"我只是借用了他模样的引导软件,负责向密钥人介绍'春晓行动'而已。"

"原来如此,"P05环顾四周,"这些大鱿鱼果然是'春晓行动'的一部分?"

"不可能!"D42却仍保持着一脸警惕,"制造我们这些构造体已经花去了艾尔实验室的所有资源,怎么可能还会造出这么一大群鬼东西?"

"在送走了你们之后,艾尔实验室只剩下一堆寄居在意识投影中的亡灵，他们中的勇者不甘心在虚拟世界中消磨余生，便用最后一点资源，进行了一次原本已被废弃的危险试验，制造了第一只血肉与'赫萝黑泥'的混合体——也就是你们看到的这些怪物，并将艾尔博士本人的意识投影附于其上。"

"博士本人？"D42猛地激动了起来，"他在这儿吗？"

"那已经是一万九千年前的事了，无论血肉还是合金，哪怕是'赫萝黑泥'都赢不了如此漫长的岁月……"一个体型娇小的怪物从墙上滴落，掉在人形的脚边，它打断自己的解说，半跪下来，用手轻轻爱抚着，"实验室所有幸存的成员，全都选择追随艾尔博士的脚步，利用意识投影进入混合体的躯壳，成为新世界的基石。混合体是艾尔实验室融汇了人类数千年文明精华，或者说残渣的技术结晶，它的血肉部分可以像任何动物那样繁衍生息，然后占据由'赫萝黑泥'制成的外壳并随着其成长而融为一体。"

"就像寄居蟹，"P05恍然大悟似的点点头，"海里的，寄居蟹。"

"第一批混合体们拆掉了两座经过计算已经无法挽回的避难城市，导致了数十万幸存者的死亡，"人形起身继续道，"这惨烈的牺牲换来了足够的资源，建设起一条用以缓慢制造'赫萝黑泥'的生产线，那里便成为混合体们实现增殖的孵化场。研究员的总数非常有限，而且不断使用意识投影更换躯壳也会让记忆和人格渐渐涣散，为了让自己与后代们谨记使命，他们建立了一个类似宗教的信仰体系，让混合体们牢记并崇拜人类——那个他们自己早已舍弃的形态，从而心甘情愿地成为神的奴仆，一代代地劳作不休。"

所以怪物才会视我为神明，这也解释了为什么在伏击车队的时候，它们明明有机会用液融枪灭杀构造体却始终没有下手，即便那些构造体仅仅是徒具人形的泥偶，甚至比它们更不像人类。

"所以这里才叫作神殿？"我抬头望着高耸的巨塔，"带我过来，是要执行某种宗教仪式吗？"

"最初，混合体们只是用来维护环太平洋的海下休眠城市，确保休眠仓运转良好……但很快，艾尔博士意识到自己创造出了一套能够在'大霜'中实现自给自足的生态系统，也就因此意外获取了原先最为稀缺的资源——时间。"人形转身看了一眼背后的设施，沉默了好久才继续道，"于是，他设计了神殿，作为最后的'春晓行动'——事实上，它可以直接带来'春晓'，比你之前找到的任何东西合在一起都要有用。"

不光是我，连构造体们都面面相觑，茫然失语。

人形继续道："神殿几乎完全由'赫萝黑泥'铸造，你们看到的地面部分，不足其总长度的千分之一，它像树根汲取养分一样从地幔深处提取热量，再经由顶部的散热筒挥发到大气中，借助这种人工强制升温的办法，即便光照不足，我们也能让地球恢复到适宜人类居住的程度。"

"就凭这一座塔？"C09不屑地笑道，"我承认它是挺壮观，没错，但如果靠一座散热塔就能对抗'大霜'，人类造的第一批核电站便足够救世了啊。"

"人类小看了时间的力量，所以绝大部分'春晓行动'都只会一败涂地，"人形用力指了指地面，"同样小看了时间的你们，知道现在具体是哪一年吗？"

他顿了顿，自问自答："是公元 22135 年，混合体们有近乎无尽的时间来积累技术与资源，实现艾尔博士的计划——像这样的神殿，在整个地球上还有三十二座，并且还将继续建造十倍于此的数量……即便如此，它们也需要极其漫长的岁月来让大气升温，而在这个过程中，神殿需要不断地进行维护，这是人类无论如何也不可能做到的事情……尤其是，在他们已经灭绝的现在。"

"你！你说什么？"D42 猛地抬起了液融枪，"谁灭绝了？什么时候？"

"设计休眠仓的时候，人们只是凭借理论上的认知来计算数据，根本不可能进行实际测试，所以在混合体们开始维护的时候，休眠仓里实际上已经检测不到生命迹象，毕竟绝大多数的人类和你可不一样，"人形看向我，"你的基因经过改良，能够适应长时间的休眠，更何况，除了你，也并没找到其他的同类吧？"

"只要找到一个活着的密钥人就可以开始'春晓行动'了，"D42 反驳道，"这并不表示其他的密钥人都死掉了啊！"

"你们打开休眠仓看过了吗？"P05 也跟着问道，"外部的检测有可能失真。"

"打开的前一千个无一存活，这概率已经很说明问题了。出于对神明的敬畏和一丝侥幸，混合体们仍尽心尽力地维护着休眠城市，但客观来说，休眠仓中的生物，无论是成人还是胚胎，存活的机会已经非常渺茫，就算还有极少数的幸运儿，恐怕也不足以复兴人类文明了。"

"你说谎。"D42显然接受不了这个说辞，她咬牙切齿，面目狰狞，"这不可能！而且休眠仓数以千万计，你只打开了一千个怎么就下结论呢！"

"我为什么要说谎呢？"人形用手比向我说道，"作为一个'锁'的我，为什么要在钥匙的面前，说谎呢？"

"所以'春晓行动'……"P05点点头，"还没开始，就已经失败了呀。"

"往逝的神明成为过去，但它们的神迹永垂不朽……不，'春晓行动'并没有失败，失败的只是人类自身而已。"人形摇摇头，"现在，密钥人，告诉我，是否启动神殿，从此时此刻开始，花上数千年的时间，让春季重临这片大地？告诉我，告诉我们，该怎么办？"

当整个世界仿佛都看向我的这个瞬间，"母亲"一再重复过的话语，又一次回荡在了耳边：

"不要留恋曾经发生的过往，而要在意即将出现的可能……"

然后，相信自己的判断——直到此刻，我才终于明白，"母亲"这句教诲的意义……在它近乎绝对理性的思维中，一定已经计算出了，当我醒来时，所面对的最大可能性，就是已经不需要再去考虑什么人类什么世界，也不需要去寻找"春晓行动"。需要的，就只是找到那个更好的未来。

"智人能够统治世界，正是因为尼安德特人被自然所淘汰，向前追溯，也许还有更多更强的生灵有可能建立文明，却都没有敌过地球本身的风霜雨雪……"思索良久之后，我有了决定，"现在，一个新的物种通过了筛选，它不需要'春晓'也能在如此恶劣的环境中生存，那么也必然能够应对自然提出的任何其他挑战。它更配得上这个世界。"

"那么'春晓行动'……"

"从一开始，'春晓行动'的目的就是为了传承文明，我认为艾尔博士的混合体们已经做到了，"我回望人形，"我相信终有一天，它们能够走出地球，带着对人类的缅怀与崇拜步向星海。既然如此，为什么还要浪费时间在装点一个墓穴上呢？"

我长叹了一口气，笑得如释重负：

"逝去的就让它逝去吧，是时候让新的王者登基，在旧世界的废墟上开始他们自己的文明了——就在这'大霜'之中。"

"你疯了！"D42突然暴跳如雷地扳过我的肩膀，"你是密钥人！你的职责是启动'春晓行动'！是复兴人类！"

我不想和她争论我的职责到底是什么，即便是她端起了武器，开始了空洞的威胁，我也只是以冷漠的微笑回应——我知道她不会伤害我，她对职责的绝对忠诚、对人类的绝对忠诚，让她绝不会去冒失去一个密钥人的风险。

她的行动，也因此而变得非常容易预测。

"走吧，我们……"她退到自己的同伴中间，"我们去寻找另一个密钥人，一个愿意拯救全人类而不是背叛它的密钥人。"

那些在实验室出生,被当作钥匙而培养出来的"雪童",那些在"母亲"的教诲下长大的孩子,一定也会做出与我同样的选择。但我不打算对 D42 说这些,她相信着自己的正义,也理应拥有属于自己的希望。

"那不关我们的事了,狗老大——"C09 面无表情地甩了甩手,"密钥人都已经发话放弃'春晓行动',我们的任务结束了啊。"

她冲我莞尔一笑,"也许以后都不会再遇见你的同类了,所以,谢谢你们的养育之恩,我们两清了。"

最终,只有 P05 选择留了下来,她名义上说是要保护我,实际可能只是顺应了自己想要偷懒的本性吧。

"其实要不要执行'春晓行动',与混合体们会不会有更好的未来无关吧?"在与同伴们分道扬镳之后,她终于忍不住开口发问,"而且,即便从概率上说休眠仓已经全都失效,人类也不一定就真的灭绝了,'春晓行动'可能还会有别的什么存续文明的办法,只是我们还没有发现。"

"好的,假如真有这样的办法,也真的能让人类起死回生,这里会发生什么呢?"我指了指仍在不远处围观的怪群,"当人类苏醒后,这些混合体会怎么样呢?这些在千万年中为了一个相同目标而不懈努力,直到此刻仍团结如初的生命会怎么样呢?"

在那一个个已经毁灭的废墟中,面对天灾的人类竭尽全力,最终却没能逃过人类自身的桎梏——傲慢的扩张,疯狂的内斗,懦弱的逃避,为了这样的神明而制造出来的奴仆,却是如此谦卑、虔诚与勇敢。但也正因为此，当神明真正回归之时，它们必将为了那个并非更好的未来而殉葬。

"哦，我懂了……"P05一下就明白了我的言下之意，"所以，这压根儿就不是有没有灭绝的问题，而是谁更值得活下去的问题，对吧？"

"所谓更好的未来，"我点点头，"如果是你，你会选谁？"

"我？"P05一扫严肃的表情，憨笑着耸了耸肩，"我无所谓，真的。"

"狗仰视人类，猫鄙视人类，唯有猪，对我们一视同仁。"我想起了这句不知是哪个名人说过的话。虽然我并没有亲见过猫、狗和猪，但看到P05的态度，我觉得这句话真是太精辟了。

"那么，现在呢？"沉默多时的人形突然发话问道，"我只是一把'锁'，如果你让我停止神殿的兴建，我会说服混合体照做，但之后呢？失去了这唯一的目标，它们该怎么办？"

"它们可以也应当学会为自己而活，开始兴建属于自己的文明，铸造属于自己的世界。"

"没那么简单，它们虔诚地崇拜了一个神明已逾万年，"人形苦笑道，"怎么可能那么容易就放弃信仰？"

"所以，它们只是需要一个神？"

每个文明都有一个神明作为一切的起始……耶稣、女娲、宙斯、奥丁……

"那它们现在有一个了。"

这一次，神的名字叫作"雪"……在"大霜"之中，带来春晓的雪。

我抬头看向天空，此时此刻，无数白色的花瓣正慢慢飘落。

风起时

"极乐净土？那是哪儿啊？"

一

　　如果我没有记错，那一天是甲子年的六月十六日。

　　时间是正午前后——不，天仍刮着西风，应该是还未到正午。

　　首先进入驿站的，是那个穿着红色长衫的高瘦男人，他与大部分过往的商旅行客不同，好像生怕别人不知道自己大驾光临一样，重重地推开了两扇虚掩的木门，披着被微微西风撩起的黄沙，站在了饭堂门口。

　　他生得一副典型的华夏人的面孔，却戴着一只插了羽饰的大檐帽，长衫的袖口也绣满了精致的百合花边，就连唇上的胡须，都弄得像一对牛角那样夸张地上翘，眉宇之间，写尽了得意与高傲——当然，也可以说是不屑与鄙夷，这取决于是你看着他，还是他看着你。

　　我听母亲说过这种人：他们远赴异乡，无论经商或是探险，靠着投机的手段与还算灵光的脑子，总算是混出了一点儿小名堂，便不知自己姓甚名谁。

　　但母亲同样也教导过我，达官显贵也好，乞丐贱民也罢，只要他们肯老老实实地付账，我们做生意的，都应该一视同仁。"

"先生，您是要吃面还是住店？"

"我是来找人的。"他说着，环视了饭堂一周。那天的生意并不好，本来就没几桌客人，他很快便确认自己要找的人并不在其中，脸上显出难掩的失望——或许，还夹杂着一丝微微的忧虑。

"那，就先帮我温一壶酒吧，大壶，酒要好，不差钱。"

"不加点小菜吗？店里的特色是腌鱼，从附近的黑河里捞出来，有龙脉的味道，要不，来一份茴香豆？方圆几百里地，这里可是唯一能吃到茴香豆的地方。"

他只要酒，并吩咐我送到二楼的第四间包厢。

我清楚地记得，母亲在出门办事前，跟我再三叮嘱过，立秋这天，无论如何也要把二楼的第四间包厢给空出来，直到有人点名要为止。

身为老板娘的女儿——一个颇有几分姿色的亚目人，我通常只在有客登门入店时上前嘘寒问暖，顺带推销一下驿站的各种菜色和服务，最多赔个笑脸，耍耍嘴皮子。给人端茶送饭这样的活计，自然由几位店小二去做。但在那一天，好奇的念头在脑海里打转，我犹豫再三，还是决定亲自去给他送酒。

"你是新来的吧？"他一边自斟，一边看也不看地发问，"你们老板娘呢？让她来陪我喝一杯。"

那人依然是那副略略有些看不起人的嘴脸，但语气还算平和，我没好气地应道："我娘她有事出远门了，驿站暂时由我和账房先生打理。"

"出远门了啊。你……你娘?"他举到嘴边的酒杯停在了半空中,继而恍然大悟,"哦!你是小梅啊!我的上帝,四年不见,出落得亭亭玉立了啊。"

说着,他便要伸手过来,不知是要捏脸还是摸头,我便后跳着躲开。

"客官请您放尊重点儿,店里的长工很能打。"我说。

"果然,你一点都记不起我了,这就是为什么你们亚目人那么聪明,却只做一些简单的小生意,而且从来都没有'父亲'。"他面露惋惜之情,"所以你娘有跟你说过吗,今天会有几个人来这儿?"

"四个。她说你们每过四年,都会在立秋这一天的正午,于这间驿站相聚,待到西风停时,把酒言欢,分享各自的故事,在东风起后又匆匆上路。今天,应该已经是第四次了。"

"唔,一晃十六年过去了,还不知他们的名字呢。"

"不知道名字?你们难道不是老友吗?"我好奇地向前进了一步,如果不是腰带的结顶住了桌角,整个人都要伏到桌上了。

"都只是些行走天涯的路人,碰巧于彼时彼刻、彼地彼景相遇,又被彼此的故事所吸引。我们只是在因缘之中同饮一壶浊酒的过客,除此之外再无交集,知晓名字又有何意义呢?"他顿了顿,不知是苦笑还是感慨地哼了一声,"不过我们倒是有个赌约,如果哪一天,谁不能来的话,就托这驿站当家之口,把名字告诉其他人。我想,你娘应该知道我们每一个人的名字吧?"

"确实是留了字条，但我对不上号。"我回道。

"听完我们的故事，你心里自然就有数了。"他笑着按了按自己的胸口，"比方说，我是个跑西洋的商人，名字里自然有些洋味，不伦不类，就是为了方便西方人念叨。"

"哦。"我似懂非懂地点点头，心想，"那个叫什么'阿姆斯壮·杨'的家伙应该就是他了吧？"

不，也不一定，母亲留下的字条里，还有一个叫'华伦夏玛'的怪名，虽然我从未听说华夏人里有'华伦'或'夏玛'这种复姓。

然而在我还没来得及核实之前，这个华伦夏玛便拉开了包厢半掩的木门，出现在我与商人的面前。

他的皮肤如松树皮般干枯黝黑，消瘦的脸上，高耸的颧骨如同石雕，头上却裹着洁白如雪的绸缠布，一身灰袍也是充满了异域风情——说实话，我并不敢确定他就是华伦夏玛，但这副相貌，总不可能叫"燕笙"或"上官雷云"吧？甚至连一个"杨"字也不应该有。他是个地地道道的外乡人，也只有最怪异的那个名字配他。

"学者。"坐着的假洋鬼子举杯示意新来者坐到他的身边。

"商人。"对方很有礼貌地微微欠身，朝我这边扫了一眼，那目光并非常见于往来旅客眼中的猥亵或淫邪，却让我不寒而栗，仿佛是某种超脱于现世的东西，正透过一扇名为"我"的窗口打量这个人间。

"她是小梅，"商人见状忙介绍道，"老板娘的女儿，老板娘今天不在，她……"

"小梅，嗯，"学者缓缓落座，身上发出似乎是骨头折断般的咯吱声，"我差点忘了她们是亚目人，每一次蜕皮都会改变相貌，难怪刚刚没认出来。"

一副非常怪异的语气与腔调，视线却从未离开过自己紧握的双拳，既像是在死记硬背什么，又像是在责怪自己的大意与失策。这时我才注意到，他右手捏着一颗小小的银色圆球，而且上面还立着半截蜡烛——半截未点燃的蜡烛。

"看来又是咱们俩先到了啊，"商人从怀里掏出一颗同样银光闪闪的圆物，约手掌那么大，顶部还连着一条细细的金属锁链，猛地弹开上面一层翻盖后，便能看到里面有两根排成直线的黑色长针，"现在是，嗯，正好，十一点三十分。"

"唔，那是钟？"学者突然目光炯炯，但很快又黯淡下去，"苏丹那边的皇宫里也开始用西式计时器了，有一座塔那么大，用皇宫地下的真气做动力，但我还真没见过这么小的。"

"这个东西，华夏的行商管它叫'表'，新玩意儿，没见过吧？"商人脸上露出极得意的神情，爱怜地轻抚着表盘，"你瞧，西方人的手艺就是了不得，这里面的小齿轮，有的还没老鼠的指甲大。"

我本来对这叫表的鬼东西无甚兴趣，以为就是个项链头环那样的坠饰，但被他这么一说，突然就好奇起来，再仔细看时，其中一根黑色指针好像跳动了一下。

"这东西，以后能赚大钱。"商人两眼发光，"我先贩一批好货到京城，把里面的'I、II、III、IV'改成子丑寅卯，等达官贵人们用上了以后,再找个大户,拉一两个西方人工匠来京城开作坊,下半辈子就不愁吃喝,也不用到处奔波了。"

"唔。"学者依旧是阴森森地点头应了一声,他用左手从袖兜里抓了一小捧我从未见过的干果,放在桌上,小口小口地拾着吃,头也不抬,既不看商人,也不瞧我。

"店里的规矩,"我说,"不许外带食品,话说你这吃的是什么啊?"

"奈非果,'极乐净土'的特产,"学者拿起一颗干果,放在自己眼前端详了一阵,"提神醒脑,就是吃多了伤身,茶不思饭不想,难眠多梦。"

"极乐净土?那是哪儿啊?"

"极乐净土?传说中是在无尽之漠的对面吧?"进店以来第一次,商人显出了惊讶的神色,"在很远很远的南方。"

"很远很远的南方,那比天竺还要远吗?"

"比天竺还要远。"学者点点头,又嗑了一颗奈非果。

"但那只是传说吧?"商人收起表,小呷了一口酒,"无尽之漠足有万里,里面又没有龙脉,这得要带多少粮草才能穿过去啊?还得花大钱雇用一批不怕死的跟班。"

"它远没有万里之遥,也并非全无龙脉,至于粮草、人马和金钱,都由新登基的苏丹来支持。"

"新苏丹?那个叫萨拉丁的?"商人似懂非懂地点点头,"我听西洋那边的商会提过,他还是个小孩子吧?"

"唔，是小孩子，但野心勃勃，或者说……"学者欲言又止，斟酌了一下用词，"是被人蛊惑。一位术士跟他说，无尽之漠的南边有一片被龙脉环绕的富饶大地，土里冒着牛奶和蜂蜜，那里便是传说中的极乐净土——他说他亲眼见过。"

"听起来有点像古时天子派人去找长生不老药，好像也是被某位高僧给说服的，结果什么都没找到。"我插话道。

"是的，帝王就是这样，你如果不给他们找点事做，他们很快就会给你找点事做。"学者微微地苦笑一声，那样子比哭还难看，"比如说战争，老苏丹生前一直想要从楚国入侵华夏，想了整整六十年，总算是赶在动手前死了。"

"哦！说到战争！"商人激动得差点把酒喷到桌上，"西洋那边可不太平，要出大乱子了！你要是认识好的刀剑工匠，赶紧给我介绍两个，一起发财。"他转而看了我一眼，又摇了摇头，"你娘在就好了，她在这儿开驿站，南来北往的，一定认识几个好工匠。"

"我……我也认识不少人啊，"我争辩道，"刀剑工匠是什么样的？我帮你想想。"

"你还是省省吧！"商人点点桌子，指了指屋外，"去，帮我们拿盘炒饼，再上几条腌鱼，想听故事的话，赶紧的。"

二

我端着饭菜再上楼时,商人正与学者碰杯对饮,他明显也注意到了学者右手里紧紧攥着的银球,眼中闪烁着说不上是好奇还是贪婪的光。

"咦?我记得你以前都是端着一个头盖骨来盛蜡烛的啊,有十几年了吧?怎么突然就换了个口味?"

"唔,这是……"学者那黝黑的面色似乎有些发白,他不无尴尬地轻抚了那银球几下,"是我的宝贝,对,我的宿命。"他润了润嗓子,重又抬起头,刚好看见过来送餐的我,忙拿起一块炒饼,咬了一口。

"还是先说你的故事吧,反正每次都是你的最没劲。"

"这次可不一样了!嘿!"商人摆摆手指,"四年前和你们道别之后,我跟着商队直接顺路东行,由秦道一路入京。"

"赚了多少钱,卖了多少货,见了多少贵人之类,等石匠来了,你再跟他说好了,只有他关心这些事。"学者又咬了一口饼,"说点新花样,没听过的。"

他见商人半张着嘴,似乎是思绪卡了壳,便又提示道:"唔,比如说,你那个小钟,就从它说起呗。"

"那叫表,表!是我去罗马城的路上,在一个专门做钟的镇上买到的,价钱相当于三担好茶,金贵着呢。"商人顿了顿,"也就是在那儿,我信了西洋人的上帝,因为我看到了神迹。"

"就因为一块表?"

"什么乱七八糟的?怎么可能?"商人面色凝重,完全不像是在吹牛,"是天堂!你知道吗?我看到了天堂!"

"天堂?"

我与学者异口同声地重复了一下这个词。

"就在云层上面,虽然只露出一个边角,但我看到了黑色的尖顶与露台。"商人绘声绘色地比画着,"当地人说上一次天堂显形还是三百年前,没想到正好让我给碰上了,说我一定是被上帝感召的天选之人。"

"有一种现象,叫海市蜃楼,"学者依然是不紧不慢,"我在穿过无尽之漠时见过两次,也有人相信那是神迹,但实际上只是一种正常的自然现象——都是幻影。"

"不,不是幻影,"商人连连摇手,"它不光是'在那儿',而是展现了神迹!真正的神迹!"他像是为了压惊一般,仰头喝干了一杯酒,"我看到天堂的那天,本来是好端端的大晴天,突然就雷雨交加,红色的闪电遍布天空,而天堂也在这异象中向北方的山脉漂移。镇上的龙脉,哦,西洋人管那叫'灵河',全部失效,大钟和磨坊都停了,还有几个老人一蹬腿就死在了路上。"

"这哪是神迹,明明就是天谴嘛。"我面露鄙夷。

"呀,丫头啊,不懂事就不要乱说呀,"商人有些生气地瞪了我一眼,"你以为神是靠什么来支配人类的?如果不能拥有比鲲鹏、海孽那些大魔更强的力量,人们凭什么膜拜、信服它呢?"

"那……那也不能用杀人来展现它的力量吧?"

"你还小,不懂的。"商人不耐烦地朝我用力摆了一下手,转而又好像找到知音,盯紧着学者,"我当时还没入教,看到全镇人都趴在地上顶礼膜拜,还觉得有些好笑。但你猜怎么着?天还没见晴呢,山那边忽然传来一声巨响,震耳欲聋,就好像有一万个人同时擂鼓,然后便是地动山摇,整座山都在打战,远远地就能看到满天粉尘伴着云烟往上飘。"

"哦!那是土地公公发火了!我也遇到过一次!"

"那叫地震,也是一种自然现……"学者无精打采地叹了口气,"算了,没什么,你继续。"

"我一开始也以为是地震,或者火山爆发什么的,心想这说不定又是赚他一笔的好机会。"商人绘声绘色,"那时也真的是胆儿大,就带着商队,买好水、粮食和干炭,沿着大道一路向北,连向导都没找,一天之内就到了上帝展现真正神迹的地方。"

始终是一副漠不关心模样的学者,听到这里,双眼终于显出感兴趣的光芒。

"真正的神迹?"

"所以之前你说的那个神迹是假的咯?"我问。

"你这丫头,怎么说话呢?"商人拿起一根筷子,我还以为是要敲打我,便向后仰身欲躲,然而他却将筷子竖起,轻轻插在餐盘中的一块炒饼上,"大概就是这样的一根白色长棍,约莫有五丈高,小树干那么粗,插在一堆废墟中间。"他清了清喉咙,"整个城市都破碎了,地面如同海浪般龟裂起伏,建筑扭曲瓦解,断壁残垣与尸山血海混在一起。幸存的牧童说,在天堂之中的上帝,从遥远的星空中召来了这根长棍,重重砸在地上,对亵渎神明的生灵施以绝灭,是为惩戒。传教士说那从天而降的神兵利器并非第一次出现,也绝不是最后一次,它的名字叫作——"

"上帝之杖。"不知为何,学者有些恍惚地插话道。

"怎么?你也遇到过?"

学者很快又恢复了常态:"我……我在文献中看到过类似的描述,但没见过实物。"

"如果西洋人的宗教典籍没有骗人的话,你确实看不到实物,'这惩戒坚硬如钢,光滑如玉,连一小块残片都切不下来,但每次降下后,只会屹立五十年,待罪人领悟到他们的过错之后,便会逐渐崩解,消散不见'。"

"那么,这次是谁,犯了什么样的罪,才招致此等惩戒呢?"

"亵渎。"商人紧张地攥紧了双拳,"上帝之杖所击中的地方,是一座古神教的修道院,他们当时正在公王的授意下,研究修道院地下的灵河。"

"灵河……哦,你说是在研究龙脉?"学者咬了咬下嘴唇,"怎么研究?你见过裸露的龙脉吗?"

"怎么没见过?京城西门外就有一截,好几年了吧,表面都覆上苔藓了。"商人顿了顿,"我上次路过的时候,有两个禁卫军在把守，不让乞丐流民靠近，说是天子要给它建一座神庙，不知现在建起来了没？对，华夏这儿是把龙脉当作圣物，哪儿都一样。但老实说，整个东方这边的人啊，头脑还是太古板了，你没见过有人研究龙脉，不代表别的地方就没人倒腾啊。"

"压根儿就不是古板不古板的问题，"学者用左手抠住桌面，青筋暴跳，我真怕他要挖下一截木头来，"古往今来，从没有人能够在龙脉上切开哪怕一个小口子，更不要说是做什么研究了。"

"是吗？这我还真没听说过，倒是随处可以听到有军爷或者僧侣什么的，对我大呼小叫，让商队的驴车离龙脉远点儿，别蹭他们的真气。"商人没好气地道，"真是荒唐，我走的都是大道，人来人往的，龙脉的真气就算能分到我的驴身上，打个喷嚏就没了。"

当时的我很想插嘴，因为在驿站后面不到五十步的地方就是黑水河，龙脉沿着河岸一路蜿蜒向西，直入大漠，那墨绿色的外皮暴露在地表，足足一里有余，想要研究能不能在上面切开个口子，去试一试就知道了。

但至少商人的抱怨没错，我们这间小驿站虽然就建在龙脉旁边，但每天都有成百上千号人马从商道经过，压根儿感觉不到什么真气，只在沙暴封路的那些日子，驿站里能省下一两顿饭食，母亲也会变得很有兴致，教我像个真正的亚目人那样唱歌跳舞，放声欢笑，而不是逼着我学写字，学算账——明明她自己也不擅长，字写得比店小二还丑。

一分神，也不知他们讲到何处，只听见商人突然提高了嗓门：

"对了，我想起来了！"他敲了敲手边的一根孤筷，"暴民攻打公王城堡的时候，有个佣兵队长跟我提过，说几年前公王请来了一个古神教的巫师，之后就越来越沉迷于古神教的各种异端邪说，研究起了龙脉，最终招致了神罚。"

"那巫师抓到了？"

"怎么可能呢？神罚神罚，肯定是在修道院让那上帝之杖给'哐当'一下就砸死了，整个城市都砸没了呢！"商人比画着，笑道，"叛军最后只抓到那公王，他被愤怒的农民一粪叉插死了，我还帮着抬尸游街了呢。"

"噫！"我有些嫌恶地往学者那边挪了挪身子，怯生生地问了一句，"你还杀过人呀？"

"哪儿能呢？杀人？就我这花拳绣腿的？"商人又得意地捋了捋胡子，"跟着胜利者摇旗呐喊一番，再提供些不值钱的霉面、糙酒，可是门很有赚头的好生意。尤其是他们还要攻打一座城堡，随便从里面摸张油画，偷幅挂毯，带回华夏找冤大头一吹，就能卖个天价。别啊，丫头你这什么眼神？我跟你说，你以后要是接管驿站，现在跟我学点为商之道，保准……"

"你刚才说公王听信了古神教的谗言？"学者及时打断了商人的自吹自擂与说教，他显然更在意故事中的另一个细节，"我以为古神教在西洋早就衰落了。"

"这一波闹完是真的衰落了。上帝之杖落下后，我所到之处，从罗马到巴黎，哪儿哪儿都是上帝教的人在审判异教徒，动不动就烧人，我还弄到几颗古神教高僧的舍利子，你要的话，我给你打六折……七折吧，搞来也挺不容易的。"

学者没有回话，而是又变得阴郁起来，他不知何意地点了点头，兀自斟酒，若有所思。

"而且这事儿还不算完，等我到了巴黎，把最后一批瓷器卸下车之后，才知道闹大了。还记得我之前说的不太平吗？有个少女自称听到了上帝的耳语，要求侍奉上帝的人团结起来，肃清整个尘世的异端与奸邪，当时就有好几位领主发文响应，尤其是那个杀了所有兄弟登上王位的理查德，把她招到麾下，成立了一支叫作'迦南圣军'的武装修会，打算血洗整个西洋，以上帝之名一统四方。在我离开巴黎的时候，已经有风声说他们准备攻打巴黎了。"

"战争总需要借口，哪怕是一句疯言疯语。哪里都不缺这样的傻瓜，无论少女，"学者自嘲似的哼笑一声，头也不抬，"还是老头。"

"话是没错，但这位傻瓜可不一样。"商人坐正了身子，好像要讲一个特别严肃或者特别恐怖的事儿似的，"她叫贞德，虽然是个普通女孩，却有'千片'之名。你们知道'千片'是什么意思吗？"眼看我和学者面面相觑，他用力点了点桌子，"意思是'冠军'，在华夏这里，这样的人被称为'武圣'。"

"武圣？能从龙脉里直接抽取大量真气的那种武圣？"学者大惊，"你说她是一个少女？你确定你没搞错头衔吗？"

"她是天生奇才！"商人用力点点头，那赞赏的目光，仿佛是在说自己的女儿，"我们的剑侠朋友修炼了十来年，方才刚刚好能报名参加御前比武而已,上一次见面他还吹嘘说自己是天赋异禀呢。"

"在我的印象里,能够从龙脉中抽取真气的剑侠,都是些只出现在传闻中的世外高人,从未有幸一见,但听他们的这个意思……"

"你!你们认识一个剑侠?是你们的朋友吗?"问出这句话的时候,我猜我的脸应该是烫得发红。

"哦,丫头,当然。"商人看了学者一眼,那总是阴着脸的家伙竟然也会意地微微一笑,"他总是迟到,但绝不缺席。"

三

我猜他们的那位剑侠朋友,一定是叫上官雷云,既霸气桀骜又不失飘逸风流,一听就像是个上能万军中取敌将首级、下能斩千名暴民的武林高手。

他进到饭堂里来的时候,着实引起了一阵骚动,替我迎宾的店小二惊叫了一声,惹得满堂观望,连我也被引出包厢,朝饭堂门口投去一瞥。

这一瞥,让我明白了原来这世上还真有眼缘这回事。身为一个早熟的亚目人,我当然不是第一次有这种春心萌动的感觉,但不得不承认,这位穿越黄沙与大漠、风尘仆仆的旅者,不只是闯入了这间驿站,而是径直走到了我的心底。

他并不是那种仙风道骨、清秀俊俏的侠士，恰恰相反，他不修边幅，胡须与鬓角好像还沾着沙灰，后脑勺的头发被很随意地捆成一束，发梢已经微微泛白，披着的大斗篷也是污迹斑驳，显得颇为落魄。

但最显著的特征当然并不是外貌，而是他背在身后的那柄金色禅杖，应该是他浑身上下最值钱——也许是唯一值钱的东西，它与剑侠周身所散发出来的七彩光圈交相辉映，形成一道刚好笼住剑侠头部的弧环。

随着他上楼的步子，真气的扰动也一并微微鸣响。我突然回想起来，以前还真"听"过这样的动静：那些被商队雇用的剑客武士，虽然三流，但多少也能从龙脉中抽取一些真气，他们身上散发出的声响，就好像是恼人的蜂鸣，而萦绕在这位上官雷云身旁的旋律，却仿佛轻点琴瑟般和谐悦耳。

而这，还只是个勉强算"得道"的"剑侠"，当时的我很难想象，那些远比他要强——可能强出很多的武圣以及什么冠军会发出怎样的轰鸣。

无论如何，他看到我的第一眼，便认出了我，这让我很是惊讶。

"你是小梅？"不知是天生还是因为疲惫，他的声音沙哑，像是含着几块小石头在说话，"嚯，长大了好多啊，又蜕过一次皮了是吗？"

蜕皮前后，亚目人的相貌会发生脱胎换骨的变化，因此能一眼把我认出来的，除了驿站养的大黄狗和母亲，他还是第一个。

"真是说什么来什么，这是第三次了。"待他进入包厢时，商人喜笑颜开地点了点自己的脑门，"我这人肯定是有点神通的，要么就是上帝从以前就开始罩着我了。"

"别在人家面前说这个！"在七彩光圈映到学者身上的同时，他像是被影响到了一般，整个人也稍稍振奋起来，"他是渡心宗的信徒，你的上帝对他来说才是异端。"

"放轻松，大兄弟，"剑侠卸去斗篷，大大咧咧地拉过屋角的圆凳，跨腿坐下，"俺只是平时念念经静静心，既不是武僧也不是狂信，你爱信啥信啥去。"

他扭头扫了我一眼："切半斤熟牛肉，再加一壶酒，小壶，性子烈些，不要温。"

这显然是他为自己准备的加餐，虽然我是不太相信他能一口气吃下半斤熟牛肉。

"你们谈到哪儿了？"剑侠直入主题，"千万别告诉我学者已经先说完了。"

"嘿嘿！这次我的故事很厉害好吗？"商人非常不满地摇摆着手，像是被冤枉的小孩，"跟他说说啊，学者，上帝之杖啊，贞德啊什么的，丫头你也全都听到了对不对？而且还有呢，我在倭马亚参加了一个酒会，当地人做的蛋糕可真是……"

"你先等等，"学者打断他，手朝着剑侠上下比画了两下，"你难道没有发现我们的朋友——怎么说呢，光圈比上次见面时还大了些吗？"

·风起时·

"哦,这样一说,还真是!"商人瞪大眼睛端详了剑侠几秒,"我虽然不懂修真,不过在西洋也见过一些能抽取真气的武人,说实在的,还没见过少侠你这么大的光圈。"

"哈,那你见到的都是些什么臭番薯烂鸟蛋啊?"剑侠嚼着腌鱼的笑容显得有些苦涩,"如果你从五岁开始就能听到真气的脉动,一直修炼到俺这个年纪还只能混成俺这副德行,那还不如去当佣兵呢,早死早超生。"

"你的剑呢?"学者抬起酒杯,轻啜了一口,"怎么换了这么根棍子?"

"棍子?你懂啥哦?这可是一心大师送俺的极品!"剑侠头也不回地指了指自己身后的禅杖,"有了它,我能在五里地外抽到风中最微弱的真气。"

"但是,对呀,你的剑呢?你的'绝魂'呢?"商人满是好奇地追问道,"那……那可是一把好剑吧,跟了你有十年了啊?我上次要出一百两银子你都没肯卖。"

"一百两银子!你这是打劫呢?"剑侠怒目圆瞪,这时我才注意到他的瞳孔发紫,中间好像还有一圈隐约的白环——他是个来自北方的凶人,粗野蛮暴,倒也符合剑侠的身份。

"别激动,少侠,先来一杯润润嗓子,"商人捧起酒壶,给对方满上,"你结婚了吗?上次跟我们说的那个姑娘怎么样了?"

"哪个姑娘?哦,你说紫霞啊?"剑侠抓起一片刚上桌的熟牛肉,"被俺打死了!"

· 117 ·

他咬牙切齿、愤愤不平地道:"俺一拳就把她打死了!"

我听罢大惊:"你怎么能把人家姑娘一拳就打死呢?这是剑侠该做的事吗?"

"哈哈,他那只是打比方,肯定是被人家给甩了。"商人笑着解释道,一脸幸灾乐祸的模样。

"你这丫头还小,不懂。哦,对了,你是亚目人,恐怕懂不了了。"他怅然若失,端起商人斟满的酒杯,仰头饮尽,"是个好姑娘没错,分手都怪我,她该找个好人家,趁着还年轻,还来得及,生个娃儿,俺反正是不行了。"

"从龙脉中抽出的真气,会积累在体内,慢慢改变五脏六腑,"学者替剑侠解释道,"最终,得病的得病,早衰的早衰,发疯的发疯,无一例外的是,修炼到一定造诣时都会失去生育能力。那些武圣啊,术士啊,冠军啊,无论哪种光鲜的名衔,这都是他们必然的下场。"

"还有这等事?"商人眼中露出一丝怜悯,"那……那为什么他们还要继续修炼下去?"

"你说修真者啊?"剑侠龇牙咧嘴地叹了口气,"是力量。当你品尝过力量的滋味,当你第一次体会过真气贯穿灵肉的快意时,你就再也停不下来了。"

"你——哎?等等!"商人探身撩了一下剑侠散乱的刘海儿,"上帝啊!少侠!你这伤疤是怎么回事?"

剑侠先是有些恼火地轻轻掸开对方的手,继而打了个冷战,不只是身体微微抽动,连他背后的光圈,也跟着摇曳了几下,仿佛寒风中的火烛。

"那是……"他面露苦相,两眼失神,用力捏紧了手里的酒杯,"嗯,那正是俺要讲给你们的故事。要不,等会儿再说吧,等石匠过来一起。"

"别别,"商人忙摆摆手,"你都把我们的胃口吊起来了,赶紧说。"

"嗯……"剑侠直接就着小酒壶的壶嘴,痛饮了一大口烈酒,又抹了抹嘴角,像是下定决心般猛叹了口气,"还记得,上一次咱们分别时,俺说要回去找个正经活儿干干吗?"

"记得记得,"商人连连点头,"你说你的修炼不顺,可能一辈子也就这样了,所以打算去赚些钱养老。"

"没错,俺就近去了秦国都城,找到个大富商,给他家做保镖,他家有个小女儿,长得特标致,怎么说呢,很……总之,在他们家做了大概半年,没发生什么,真的,什么也没发生。后来我跟着他们家的商队去了趟楚国,挺远的南方,能看到海的地方,还有海对面的岛,噢哟,俺还是第一次见到那么大的岛,一眼都望不到边哩。"

"楚国的南方,你说的应该是启明岛,"学者言之凿凿,"一百年前被苏丹的舰队占领,建了个贸易站,从那里再往南就是苏丹的领土了。"

"俺过去的时候,水运完全中断了,他们说那会儿正是海孽活跃的季节。"剑侠继续道,"我去附近的寺庙冥想时,遇到几个修真者,他们说是和渔民们商量过了,要去打一只海孽,正在招募人手。"

"唔,海孽是大魔,"学者撇撇嘴,"古往今来,多少人想要征服它们,没有一个成功的。"

"那伙人很有信心,他们联络了官府,搞了一条楚国新造的铁甲船,还弄到了一批好家伙。"剑侠朝背后比画了一下,"俺试了其中一把飞剑,比俺的'绝魂'不差,而他们手里有几十把那样的兵刃,各种各样的。"

"别告诉我你跟着他们去了,我是不会信的。"学者偏头饮酒,阴阴地瞟了剑侠一眼,"从没有人能挑战海孽后活着回来。你如果看到过它撕碎三桅帆船时的样子,就明白战胜它是不可能的事情了。"

"当然!俺又不会游泳!还去挑战海孽?"剑侠反手叩了一下桌面,吓了我一跳,"而且说什么铁甲船结实,俺才不信呢,就是杉木外面蒙了一层铜皮,我都能一脚踢出个窟窿来,更何况那海孽?俺是没见过它的模样,难道还不知道人家管它叫大魔是个什么意思?"

"等等,"商人用手按了按剑侠的胳膊肘,示意他先别说话,"学者,听你刚才的意思,你见过海孽?亲眼见过?"

"唔,"学者点点头,"那是很多年前了,我坐船去安慕斯,一个在无尽之漠边缘的贸易港口,文明世界的最南端。我们船上的术士感觉到了玛娜,也就是你们说的真气的扰动,但领航员却说没事,结果在光天化日之下,与海孽撞了个正着。"学者眼里闪过一瞬恐惧的光,"它突然腾出水面,足有一座山那么大,无数说不清是牙齿还是触须的东西砸在甲板上，发红发烫，连烧带撕，瞬间就把整条船打成了着火的碎木片，就只用了这么一击。而后它扬长而去，留下在海里挣扎求生的我们——还好那里离海岸其实很近，最后倒是并没有死几个人。"

"所以他们才会想要用铁甲船，"剑侠若有所悟地点了点头，"原来如此，铜皮是用来防火的。俺其实也明白那群修真者成不了事儿，他们中连一个剑侠都没有，全都是些不入流的小角色，但他们用的武器却不像是初学者能搞到的东西，而且数量还那么大，所以俺一时好奇，便与之前那富商告别，假意要入伙，想要探明虚实。"

"恕我直言，少侠，"商人一声哼笑，"你可不像是'一时好奇'就去惹事的人。"

"行，俺承认，"剑侠耸耸肩，"其中有把飞剑吸引了俺，但他们一把都不肯卖，说是借来的，于是俺想要找到那些神兵的源头。刚开始着实费了一些口舌，直到俺认识了他们中间的一个姑娘。怎么说呢，这姑娘很……总之，最后，她带我去了楚国腹地的一座小城。因为十年前的大洪水，那里被人遗弃，一小伙自称行商的家伙把那儿当作仓库，但俺知道他们肯定不是商人，明显能感觉出来，真气在他们身边萦绕，就像是夹杂在西风中的沙砾，那绝对是一种修炼的野路子，和俺所知道的任何流派都不太一样，早个两三百年，肯定会被武林当成邪门魔道给铲平咯。"

"你说他们是行商？"商人忽然来了兴趣，"那批货他们是从哪儿弄来的？"

"货？啥货？"

"神兵，魔刃，法器……"学者帮商人补充道，"不管叫什么名字，以何种形状出现，本质都是同样的东西。任何国家都会谨慎管理这些稀有武备，不要说商人，就是普通的修真者也必须通过寺庙、教会或者武士团才能搞到一两把，黑市上可能会出现一些民间刀匠打造的黑货，但应该也不会有谁闲着没事干把它们都收集起来，就为了让傻瓜去给海孽送午餐。"

"哦，你们说那些神兵啊，说出来你们不信，行商们在小城中心藏有一座锻炉，专门制造这种东西，俺看到的时候，兵刃已经插满了三四个武器架，最少也有个三四十把。"

"神兵的制作工艺并不复杂，但它需要在金属中混入一种能够回应真气的材料，"学者深吸了口气，"奥马哈尔钢粒。"

"在这儿叫'龙鳞'，"商人点头应和道，"非常昂贵的小石头，既没有矿脉也不好种植，广散在土地各处，大都是靠'农民碰巧捡到'这种方式搜集，所以产量很低。一口气打造个几十、上百把带龙鳞的兵刃，以我的从商经验来看，这恐怕得要垄断整个华夏的龙鳞市场才行了。"

剑侠趁着两人插话的时候，连吃了几片熟牛肉，又大口灌了一杯烈酒之后才继续道："他们在山洞里有个仓库，里面摆满了整块的龙鳞，"他左右看了两眼，似乎是想要找什么东西来打比方，最后还是抱起了大酒壶，"大小和形状虽然各不相同，但大多是这般粗细的圆柱，跟木桩子似的，有些顶部还连着线，不知是什么皮料做的，怎么都扯不断。"

"这么大一块的龙鳞？"商人瞪大眼睛，上下摸索着酒壶，"从没听说过！"

学者阴着脸，压低声音："我在翡翠城大图书馆的文献中读到过类似的记载，说是古神的圣仆们体内都有整块的龙鳞，但已经有很多年没有它们出现过的记录了，很多很多年。"

"哼！"剑侠用手猛地撕开了一块炒饼，"那是因为你这样的老学究不愿相信它们出现的故事；而那些见过它们的人，基本上都没法活着去复述它们出现的故事。"

"不，我愿意相信，因为我也……"学者欲言又止，端起酒杯抿了一口，"不，没什么。听你的意思，你是见过一头圣仆？"

商人赶紧坐正了身子，这时就连我也意识到，剑侠哥哥的故事应该是要讲到重点了。

"商会的头目，是个不露脸的怪人。"他也调整了一下坐姿，润了润嗓子，略作思索，将背后的禅杖卸下，小心地平摆在了地上，"他的书案前放着一块蓝色的双鱼玉佩，俺曾经在御前比武中见过一次，只有天子和国王们手下的大学士才会被赐予这种饰物，所以这小子绝非等闲之辈。他看出俺与那些修真者不同，是位剑侠，也早就识破俺是被神兵吸引而来，所以便领俺去山洞里看了龙鳞，还直截了当地邀请俺入伙，去搞更多的龙鳞——比山洞里的库存还要多。"

"你答应了？"商人略显激动地问道，"那可是不得了的一大笔钱啊！"

"那是！"剑侠紫色的瞳孔同样也闪过一瞬兴奋的光,"所以俺当场就答应了,心想这笔活儿做完,下半辈子就不愁了,俺就可以去找个风水宝地安心修炼,说不准还能建个武馆,创立自己的门派。"

"然而现在的你,还是破衣烂衫,一把禅杖闯天关。"学者面无表情地摇摇头,"想必是那个活儿没做成吧?"

剑侠的眼角微微抽搐了一下:"一开始俺是有些担心,毕竟这个所谓的商人不仅形迹可疑,而且动机不清不楚。但在看到他张罗的人马后,俺又是信心满满!除我之外,他还找到了三个剑侠和谢薇,你们不知道谢薇是谁吧?嗯?真的都不知道?她是前一届御前比武的第一名,也就是说,她是个武圣!"

"一个武圣带着四位剑侠,这已经抵得上一支小军队了,"学者深吸一口气,"如果在龙脉附近的话。"

"不光是俺们五个,还有那怪人亲自带队,"剑侠用手在桌上比画起来,"俺们一路向西,进入昆仑山,越过楚国的边界关卡之后还继续前进了约莫两天,到了一块只有流民和野人出没的蛮荒之地。"

"唔……"学者闭目思索了一阵,"你说的应该是高德山脉,夏季还好说,冬天完全是一片雪域冰山。上一任苏丹曾经想派人过去圈地占城,没几年就放弃了,我听说楚国和秦国也都做过类似的尝试,但都没坚持下去。"

"确实是一个鸟不拉屎的鬼地方,没城、没路、没田、没店,走三天也不一定能见到两三户人家,更不要说龙脉了。其实,离开了楚国之后，基本上就没嗅到龙脉的味道。唯一还算像样的，是雪山上的一座大庙。俺没见过他们的装束，也不知道他们拜的是哪里的菩萨，但很奇怪，他们的庙里能感觉到龙脉，而且是……是非常强大的龙脉，足以媲美京城皇宫底下的那条。"

"只有寺庙里有龙脉？其他地方没有？"学者眉头一紧，"这说不通啊，你们剑侠应该能感觉到十几里外的龙脉，它没可能单独出现在一个孤立的地点上。"

"那蒙面人，哦对了，他叫夙，安排俺们在寺庙里住了半个月，大家都忙于修炼切磋。"剑侠挠了挠头，"在满月的那晚，天降大雪，不到子时，整座庙宇便一片苍白。夙突然将我们召集起来，要我们收拾武器轻装出寺。俺们前脚刚走，寺里就燃起了大火，却完全听不见僧人们的惊呼与救火声，兴许是都被那夙给害死了。"

"上帝啊，这真不像是你们剑侠应该做的事哪！"

"可不是嘛！"剑侠义愤填膺地举起拳头，在我担心会不会砸烂木桌时，又无力地缓缓放下，"但那个时候，俺们远离尘世，人生地不熟的，除了相信夙，也没别的选择。他带着俺们连夜上山，风急雪大，但接近山巅之际，真气的反应却愈加强烈，身体热得发烫，鹅毛大的雪片落到头上，一眨眼就化成了水汽，每个人浑身都是烟雾缭绕，那七彩光圈，比火把还亮，仿若星月。"

"见过见过！我在西洋也见过在夜间能够照明的光圈，"商人激动地插话道，"那是前年的天赐节，在罗马，大主教带领几万市民举行祈祷仪式，他身边有个圣骑士，冠军级的圣骑士，发着金灿灿的光，连身上银甲的花纹都被照得清清楚楚。"

"到了山巅，那儿有一块水池，冒着热气的水池，很大，就像温泉……"剑侠双目失神，完全没有在意商人说了什么，"夙靠了过去，将手伸进池中，顿时水像煮开了一样沸腾起来，整个池子都跟着翻江倒海……"他清了清喉咙，放慢语速，"而后，在池水的正中央，露出一截拱起的龙脉，它那弯曲的顶端有些扭曲变形，墨绿色的外皮中间，裂开了一道小口子。"

"一道小口子！"商人几乎要拍案而起，"刚才还有人说龙脉的外壳是坚不可……"话还没说完，学者赶忙挺身抬手捂住了他的嘴，"别吵，懂点礼数！先听人家讲完！"

"不只是浓烈的真气，俺能从那裸露的龙脉上，感觉到一种前所未有的异样，那就像是……送葬时的哀乐，隐隐约约，在耳畔、在脑中回荡……没有人敢靠近，而那夙的右手明明已经被烫伤，却仍走进齐膝深的温泉中。这时俺才注意到，他手里拿着一支约莫有匕首那么大的东西，像是一块铁片。"剑侠认真地比画了一下，"他先是绕着龙脉转了一圈，然后挣扎着爬到龙脉的顶部，用那块铁片拨弄着龙脉上的裂口。'我们要干什么呢？'谢薇喊了一声，夙没有回答，只是看了俺们一眼，继续手上的动作。所有人都下意识地觉得情况不妙，持械在手。"

剑侠忽然欲言又止，猛灌了一口烈酒："说实话，之后发生的事，俺已经分不清是真是假，总感觉像是一场旧梦。"

"别啊，"商人急了，"就算是吹牛皮，你都吹到这个地步了，赶紧吹完啊。"

　　剑侠用阴冷到让人不寒而栗的眼神斜了商人一眼："俺看到了鲲鹏，而且，是冲着俺们过来的鲲鹏。"

　　"鲲鹏？就是那个飞在天上、来去匆匆、遮云蔽日、有一座山那么大的鲲鹏？"我惊问。

　　"嗯，就是那个。"剑侠看了看我，"夙不知玩了什么花样，龙脉上的裂口突然炸开，将他弹倒在了水池中，闪着七彩弧光的碎片从裂口中迸出，直冲云霄，就像是一口数十丈高的喷泉，还伴随着女人泣不成声的颤音。当那些碎屑混在雪花中慢慢飘落时，俺才发觉，那就是龙鳞——无数的，如同沙暴般满天飞舞的龙鳞。"

　　"上帝啊！"商人眼睛都要直了，"几两龙鳞就能铸造一把飞剑，你说这得值多少钱哪？"

　　"一开始俺们也是这么想的，还觉得不虚此行，但唯有那谢薇上前，与从水池中起身的夙对峙起来。俺和另外三个剑侠也围了上去，这才明白，原来谢薇是楚国国君手下的密探，早就察觉到夙那伙人可疑，前来打探。然而那夙也不慌不忙，说什么自己离真理已经很近，死而无憾，倒是要我们赶紧逃命，免得客死异乡。"

　　"离真理已经很近？"学者突然没来由地默默念叨了一句，"一个'寻找真理之人'？"

　　"他是在吓唬你们吧？"商人笑道，"如果是楚国国君要捉拿的贼人，你们给绑了回去，岂不是会加官晋爵？再人手捞一袋龙鳞去卖，那发财了呀！"

"你就知道发财!"剑侠抓起一块炒饼丢在商人胸口,"俺差点死了好吗?夙是没反抗,被谢薇给绑了,但她不肯走,还非要去龙脉那边转转。那时喷涌已经停歇,裂口处泛起一片白色的泡沫,她舀了一勺准备带回去,俺和其他人则四下收集龙鳞碎屑。就在那时,天边响起了沉闷的雷鸣,一个巨大的阴影从遥远的南方逼近,空中有几团幽蓝的光若隐若现。"

"鲲鹏?"商人问道。

"对。一开始俺还以为它只是经过,但那些蓝光渐渐改变方向,明显是在朝俺们这边过来。"剑侠紧张地双手攥成了拳头,"俺吓得屏住呼吸,动也不敢动一下,而鲲鹏也停在了我们头顶。片刻之后,一头圣仆从天而降,落在水池旁的小丘上。"

"慢着!"学者抬手道,"你怎么确定那是圣仆?"

"没见过圣仆跑,还没听过圣仆的故事吗?"剑侠不屑地道,"它钢筋铁骨,棱角分明,足有房子那么大,八条腿,就像是一只巨型蜘蛛,身上黑白相间,背面还刻着古神的符印,与传说中的上古圣仆,不是一个模样吗?"

"那是'鬼蛛',嗯嗯,圣仆的一个品种,"商人点头应和,"我小时候也听奶奶说起过,它们刀枪不入,只有最厉害的修真者才能用飞剑伤到它们。"

"对,但那天的圣仆不一样,"剑侠皱着眉摇摇头,"夙让俺们赶紧逃跑,说那是一头'军用型',俺们打不赢。俺不懂他是什么意思,但心想有四个剑侠一个武圣在场,就这样落荒而逃未免有失武德。而且当时鲲鹏在天,挡住了降雪,却挡不住飘零在风中的真气,俺们几个,个个都是身披霞光,精神抖擞,感觉自己已经无所不能,便在山巅上摆开剑阵,将那圣仆围在中间。"他用双手搓了搓脸,停顿了好一会儿,"它一开始没有搭理我们,径直爬到龙脉的旁边,俺和另一位剑侠首先出手,朝它背部发起攻击,飞剑以俺从没见过的力道和速度扎了过去,感觉连风都被割开,呼呼地响——然而那圣仆丝毫不为所动,飞剑擦出了两道火花后就弹飞了,如果不是俺技艺精湛,差一点就没拉回俺的那把'绝魂'。"

"那个谢薇呢?"学者双眼微眯,"如果连你们剑侠都能感觉到功力大增,那武圣按道理更是要上了天哪。"

"啊啊,她那天,那真是鬼神之力哟!"剑侠眼中露出满满的钦佩,"她呼喊着什么,听不太清楚,也许是流派的呼号,也许是招式的名称,也许只是单纯的、发自肺腑的叫阵……总之,她跳向半空,如同在风中回旋的树叶那样飞舞,等到了那圣仆的正上方,她突然抬手!"剑侠比画着,声情并茂,"抽出背后那把一直蒙在布里的、仿佛长矛一样的细长飞剑,在一圈又一圈涟漪似的七彩波纹之中,那飞剑发出开山劈地似的轰鸣,以根本没法看清的速度化成一道金光,刺向圣仆的脊背。"他重重地喘了一口气,"那是俺这辈子都没听过的可怕声音,就像是有两个团的士兵同时在你身旁拼剑,过了好半天,耳朵里都还在嗡嗡作响。"

"那圣仆呢?"商人催问道,"死了吗?"

"待烟尘散去,圣仆紧紧地趴在地上,有两条铁腿都插进了地里。谢薇的长剑插在它的背上,俺一开始以为那是刺进去了,但很快,圣仆重又站了起来,长剑却像冰碴那样支离破碎,它背上只有一个小小的凹痕,完全没有伤及骨肉。然后……"剑侠打了个哆嗦,"然后它发起了反击,背上鼓出一块长方形的容器,弹出一把飞剑,刺向刚刚落地的谢薇……"

"飞剑?"商人赶忙叫停,"你说那圣仆也用飞剑?"

"啊,"剑侠看着他,一边比画着一边点点头,"比这酒桌还要长,像一根大胡萝卜,后面还冒着烟火。速度不算很快,但打中山巅时,却是火光四溅、飞沙走石,那谢薇一下就没了踪影,不知生死。另外三个剑侠朝我喊话,但耳鸣尚在,听不清楚,只能见到他们以三角剑阵袭向圣仆,其中一个还未靠近,就被一圈说不上是什么东西的小碎片挡下,被拦腰打死了。"

"瞬间就杀了一个武圣一个剑侠,实力悬殊有如人神,"学者冷冷地道,"如果我是你的话,肯定就逃跑了。"

"那俺还能怎么办呢?"剑侠苦笑一声,"可就在俺转身准备跳下山巅的时候,那圣仆朝俺打出一发飞剑,情急之下,俺用'绝魂'去迎,两剑相交,又是一阵电光石火,双双碎裂,而俺也被气浪冲下了山,要不是落在半山腰的雪地上,怕是真的给当场摔死了。"

"大难不死,"商人举杯致敬,"必有后福!"

"嗯!必有后福!"

"后来呢?"见他们三人觥筹交错地喝了起来,我有些心急地追问道。

"后来？俺一路跑回了华夏，失魂落魄，分不清是真是梦地连睡了三天。身上的盘缠也没了，'绝魂'也没了，心想着一时半会儿买不起新的神兵，就灰头土脸地又回到齐国，投奔带俺入道的一心大师，嘴上说是徒儿回来精进修行，其实就是混口饭吃。"

"你真是我听说过混得最惨的剑侠，"商人笑道，"唉，听着比四年前的你还惨。"

"那你是没见过真惨的，生于刀剑之人终将死于刀剑，到最后，俺们这样的人可能连个送葬的朋友都没有。"剑侠抬起酒杯，突然想到了什么似的又慢慢放下，"哦，对了，说到朋友，俺在师父手下修炼的时候，石匠过来找俺了，他说有个护卫的活儿想请俺来做，因为俺对大漠这一带比较熟，在这儿押过镖——哼，这小子肯定是知道俺的名字了。"

"大漠？"学者点了点桌子，"他说的是这边的大漠？"

"对，他好像接受了天子的任命，当了个小官，要来大漠这边勘测风水，绘制龙脉，好像还要在哪儿修筑一座要塞……"剑侠顿了顿，把身子探前，"有风声说，就要打仗了，也不知是可汗和苏丹，到底谁又要打过来。"

"这次怕是要来个更猛的咯！"商人苦笑着摇摇头，"不过应该还早呢，话说你为啥没跟石匠走呢？给天子做事，那可是铁饭碗啊。"

"那时俺正在跟一心大师闭关合修呢，为了饭碗跑路多半要被逐出师门的，怎么说师父对俺还是不错的。"剑侠下意识地摸了摸背后的禅杖,"最大的遗憾是修炼期间不能饮食,都没陪石匠喝上一杯……话说,他还向俺打听你的动向了呢。"

"我?哦,是的。"学者明显在掩饰什么似的,避开对方的视线,"他……他是给我写过一封信,只不过那时候我已经离开了翡翠城的大图书馆,动身前往安慕斯了。"

"就是你前面说遇到了海孽的那次?"剑侠问。

"不。"

"还是你前面说的去南边极乐净土的那次?"商人问。

"是。"

学者的回话不带任何感情,就好像那是在说着别人的事情,与自己毫无关系。

"其实……"他顿了顿,"看到石匠的信时,差不多也就是三个月前吧……分别这四年,我只做了那一件事……"

"哪一件事?"剑侠不满地皱起眉头,"你们两个,在俺没来时说了什么好玩的事了?"

学者哼笑不语,摸了摸自己凸起的颧骨,正要开口,又扫了我一眼:

"小梅,麻烦你,再给我们上一盘腌鱼吧。"

四

　　学者开始他的故事之前,我特地去饭堂门口看了一眼。驿站里的风车停了,本就不多的几片阴云早已不知去向,只剩下如火的骄阳在称王称霸,而作为被它所支配的万物,无论旅者还是马匹,都用气喘吁吁和无精打采来表达对它的绝对臣服。

　　但我知道,这只是暴风雨前的寂静:今日是立秋,西风必静而东风必起,一场夹杂着雨水甚至雪花、冰雹的狂风将会席卷大漠,乃至整个华夏,带去一阵胜似一阵的寒意。

　　学者既不像商人那样眉飞色舞、得意扬扬,也没有剑侠那种大开大合、不拘小节,他无论说什么都是那样慢条斯理、处变不惊,语气与眉目之中,都有一种比已经不小的年纪还要大上不少的沧桑。

　　"苏丹的探险队,由一位退役的船长率领。"我端着腌鱼上楼时,学者的故事开始不久,他顿了一下,看了我一眼,"很巧,她也是个亚目人,名叫拉扎,要知道,在苏丹的领地里,亚目人大多只能做侍者和舞女,运气好的能被官富收作小妾,运气不好的就只能沦为娼妓了。"

　　"在华夏这边也差不多……"我气呼呼地说着,托住了腮帮,想起母亲曾经说过,亚目人之所以还没有被当作异类而赶尽杀绝,只是因为我们长得可爱,简言之,就是被当作人畜无害的宠物来看待。

"所以这位拉扎能以苏丹之名行事，必然是有点好手段的。而且亚目人普遍聪明伶俐，比起那些难以沟通的军爷，作为文人的我肯定是更喜欢这样的领袖。"学者的视线从我身上移开，却也没有落向任何一位老友，而是盯着木桌中央一块斑驳污迹，"大约是三年前的初春，我们从安慕斯出发，沿着龙脉一路向南，到了无尽之漠的边界。守备队说，有些游民在沙漠边缘游荡，分不清身份，可能是抢匪，可能是偷渡客，也可能是寻宝的冒险家。拉扎觉得不能冒险，便带上了守备队的一位魔刀同行。他名叫阿凡提，约莫相当于你们这儿的剑侠，不过我想，应该是没有你强的。"

"啊，"剑侠有些羞涩地挠了挠后耳根，"俺也就一般般吧，御前比武第一轮就给淘汰了。"

"与华夏不同，苏丹的军队经常委任术士，也就是修真者来担任军官，所以那位魔刀其实就是守备队的队长，他服役十几年，对无尽之漠附近的地形非常了解，在知道我们的使命是寻找极乐净土后，他只是发出不屑的嘲笑。"

学者舔了舔嘴唇，提高嗓门，似乎是在学习那人的语气："'千里之内都没有龙脉和食物，你们这是自寻死路。'他这样说着，而拉扎却不以为然。我们的探险队总共不到三十人，却带了近一百匹骆驼，队里还有个专门管理补给的长者，据说是苏丹皇宫的马倌，定好的食量水分，能供应我们走上好几个月。而队里的数学家经过计算说，如果在恰当的时候杀骆驼来取食，还能大大减少补给消耗并行进更远的距离……如果必要的话,还可以杀人。"

"哟,"连剑侠也半惊半敬地咽了口唾沫,"你们这还真是下定了决心要蹚过无尽之漠啊。"

"所以我们成功了,而且远比想象中要简单,仅仅是第七天,我们就发现了游民聚集的大绿洲,足有两三百人在那儿定居。阿凡提十分惊讶,而没有一张地图上标出这个定居点,那里本应该是一片纯粹的沙丘。"学者摸了摸下巴,若有所思,"队伍在那儿休整了两天,我见机接触了那些游民,注意到他们确实是一批走私贩,而且手里有一些我先前从未见过的货物,包括这个。"学者从袖兜里掏出一颗奈非果,递给好奇的剑侠,"可惜游民戒心很重,不愿意透露他们的卖家与商路,不过还是有人说漏了嘴,说那些洋货来自南方。"

"如果只是七天的行程,倒也不算太远。"商人嗅到了钱的味道,眼珠子滴溜溜地转了起来,"要是能找到稳定的商路,说不定能发笔大财。"

"除了这个奈非果,并没有什么特别值得贩卖的商品,哦,还有一些珍奇植物的种子,我带回来一些,这个后面再说。我刚才说到哪儿了?"学者显然不太习惯别人打断他,低头思索了一阵,"南方,嗯,游民虽然没有透露具体的路线,但队伍里经验老到的寻路者还是可以辨认出人驼走过的痕迹。在重新上路时,地质学家,我的一个老朋友,要求独自留下,他认为绿洲是最近几年才形成的,而且水质有些异样,希望认真做一番研究。一开始我没多想,但后来回忆的时候,才想起那些游民——那些长期饮用绿洲中淡水的游民，确实古怪，无论男女，他们的嗓音比普通人更加尖厉，皮肤更加细嫩，最重要的是，心智好像都不太正常，但又说不上具体是哪里不对。"

"能让皮肤变细嫩的水，啊！"商人嘴角微微上扬，露出不易察觉的坏笑，"这东西听起来还不错嘛！"

"你就没听到后一句话吗？"剑侠愤愤地咬了一口牛肉，"喝了水，心智都不正常了好吗？"

"能让皮肤变细嫩，还管什么心智不心智啊？"商人鄙夷地斜了他一眼，"你不懂女性客户的心思，这辈子当不了商人。"

"呸，老子就是要饭去也不当什么商人！"

"你们别吵啦，把我的思路都搅乱了……"学者"啧"了一声，"反正，探险队一路向南，断断续续遇到了好几片小绿洲，虽然都没之前的规模大，但植物却越发茂盛粗壮，还有不少游民居住的痕迹，但大部分人都不知去向，每处营地都只有几个老弱妇孺在留守，同样问不出个所以然来。倒是那绿洲中的水，越往南走，就越发偏甜。阿凡提在饮水时发觉，水里能感觉到微弱的玛娜——或者说真气，他和另一位年轻的术士合力，从绿洲底部的泥沙中筛出了龙鳞的颗粒，纯度不高，含有杂质，但里面都残留有玛娜……当时我们百思不得其解，而听了剑侠你的故事之后，我认为绿洲里的龙鳞，可能就是直接从龙脉中渗出来的——如果你没有骗我们的话。"

"俺为什么要骗你们？"剑侠苦笑一声，"当然，这两年压根儿就没人相信俺，连师父听了俺的故事，都是强忍住了笑！"

"唉?之前没留意,你们这么一说,我倒是想起来一个问题——"商人的脸忽然变得僵硬起来,"如果龙脉里面能喷出龙鳞,那么是不是可以说,这遍布大地的龙鳞都是来自龙脉呢?"

这一问,让饭桌突然安静起来,三个大男人面面相觑,显得都有些尴尬。

"唔,所以你现在知道,你的故事为什么没人信了吧?"学者看了剑侠一眼,后者不服气却也无奈地哼了一声,而前者继续道,"有机会的话,我会好好研究一下这个问题,请你们不要再打断我了,我又忘了刚才说到哪儿了。"

"你以前记性可好了,怎么搞的?"商人叹了口气,"你刚才说到绿洲里的龙鳞。"

"对的,那是在最后一片绿洲里发生的事。哦,那真是一片非常漂亮的绿洲,水清如镜,倒映着无云无瑕的碧空,花草树木错落有致,点缀在游民的帐篷四周,就好像是苏丹的后花园。我们到达的时候,有四五十人居住在湖边,全都是带着孩子的老人和妇女——最奇怪的是,他们的后代全都是女孩,而且个个都活蹦乱跳的,十分有活力。"

"就像……就像亚目人那样?"商人瞪了我一眼,把我看得浑身不自在。

"不,她们的眼睛并不是红色,而且其实是有生下过男孩子的,只是不知为何,全都夭折了。"学者摇摇手,"我认为那可能和水质有关,但并没有证据,毕竟用龙鳞泡酒的、煮汤的、熬药的人也有不少，从没听说过他们因此得过什么毛病。在这最后一片绿洲之后，沙漠明显已经快到尽头——地质开始变得坚硬，灰白的砂石之间，也能看到零星的杂草。又过了大约五天，我们看到了五个月以来的第一片活水。虽然那只是条小小的溪流，但这意味着我们这支以苏丹之名向南远征的探险队，终于走出了无尽之漠，到达了之前任何文明国家都未曾到达的遥远之地。"

学者微微昂起头，谈吐之中的骄傲之情只持续了须臾。"但与出发时想象的不同，在看到繁茂的植被与丰沛的水源之后，我们并没有见到所谓的极乐净土，那里完全就是一片荒无人烟的蛮荒之地，就连此前一直不时相伴的游民，也都不知去向，更别说找到那些与他们交易的所谓卖家了。"学者长长地叹了口气，"没过多久，我们就发现，在那郁郁葱葱的表象之下，是地狱般的凶险：植物学家叫不出任何一株树、一棵草、一朵花的名字，而它们本身各不相同，就好像有一百万个品种。虽然它们中的不少都能结出硕大肥美的果实，但能食用的仅有少数，大多数不是有毒就是口感太差，连骆驼都不吃。我后来带回去一些种子，却只有很少的几颗发芽成长，而且还都病恹恹的。至于动物，那就更是令人惊惧：无论是食草还是食肉，那里的动物都具有强烈的攻击性，而且动作迅捷、力大无穷，似乎还颇有一些智慧，狩猎它们的难度很大，不能作为稳定的食物来源。不过，那时的我们，倒也不需要什么食物就是了。"

"不需要食物？难道那里有龙脉？"商人一下就反应过来，"在无尽之漠的南边，有龙脉？"

"对呀,不敢想象吧?延绵万里的无尽之漠中完全不见痕迹的龙脉,却在它的南边,以惊人的密度遍及大地。我们的探险队不仅不需要食物,甚至一天只需要休息一小会儿便能保持精力充沛;受到的非致命伤,很快便能自然痊愈。我好几次一连三天和同僚们进行研究、讨论,不眠不休,丝毫没有疲惫,反而越发亢奋。"

"不需要食物,但你们还是要喝水的吧?"剑侠问道,"那里的水呢?和绿洲那边的一样吗?"

"啊……那里的水……"不知为什么,学者额头渗出了汗珠,他下意识地用手背去擦,"那里的水非常特别,但不知为什么,我已经想不起来它具体的味道了,是甘美还是酸辣?说不上来,只是记得很好喝。我们在那里不知不觉就待了一年有余,我一个人就写满了整整三本的笔记,而每次看到日历时,大家都不敢相信,但又不知为什么,从来没人提起要走的事。直到有一天,我们在探险时听到远处有女人尖叫的声音,便赶紧前往探查。穿过了一片茂密的丛林与沼泽之后,发现一块很大的平坦草场,两条溪流交错其间,同时,还混杂着五六具尸体……"他顿了顿,"女人的尸体……亚目人的尸体。"

我本能地打了个激灵,在亚目人身上发生最多的罪行是抢劫和强奸,集体屠杀倒是十分少见,虽然也不是没有发生过。

"她们大多是被利器贯穿而死,可能是刀剑,也可能是弓弩,但现场没有发现凶器,就在我们继续检查的时候,一直潜伏在丛林里的怪物突然现身,以迅雷不及掩耳之势,射出一枚暗器,正中拉扎的面门,我们的队长当场毙命。"

"怪物?"剑侠双眼一瞪,"是哪种怪物?你们队里不是有修真者吗?怎么会没有防备呢?"

"不,说是怪物,但在它完全走出树丛的时候,我才确定它的真身——一位古神的圣仆。"学者抬起手,指了指房顶,所有人也都跟着抬头仰望,"它能有个一丈高,通体橙黄,就像穿了一身金甲,细胳膊细腿,但总体上还是有人的形状。"

"一个机关人?"商人惊叹道,"活着的机关人?"

"没错,它钢筋铁骨,在艳阳下散发着金属的光泽,毫无疑问是古神的圣仆。"学者看着面色有些难看的剑侠,"不过我们很幸运,它的攻击性和战斗力都没你遇到的那只鬼蛛强,阿凡提斩下了它的一条胳膊,它虽然也用看不清形状的暗器予以还击,但并未打中任何人——或者说,按它自己的意思,它根本就没想要打中任何人。"

"它自己的意思?"商人多少有些吓住了,"难道它还说话了?"

"怎么了?古时记载的圣仆当然是会说话的啊,不然也不会有人知道它们是古神的造物了。我很幸运,成为可能是几百年来第一位亲耳听到它们圣言的人。"

"都是异端邪说!是异端!"商人愤愤地道,"古神教根本就是邪教!只有上帝才……"

"你给老子闭嘴!"剑侠不客气地瞪了商人一眼,"是他讲故事还是你讲故事?人家都说了不要打断他了!"

"他讲,"商人怯生生地堆笑道,"他讲。"

而学者也毫不迟疑地继续道:"那圣仆告诉我们,它已经在这附近徘徊了几千年,执行主人下达的清除感染者的命令。我问它什么是感染者,它指着拉扎和那些亚目人的尸体,说她们是被感染的子裔……"学者用一种令人不安的眼神盯住我,"是被感染的……古神的子裔。"

呃……我想要说点什么,但思来想去,又实在不知该说什么才合适。

"亚目人是古神的子裔?什么意思?"商人看着我的目光中,也多少带了点敌意。

"我问了同样的问题,但那圣仆却回答说,以它的地位与能力,不可能知道这个问题的答案。而且在漫长的岁月中,它的记忆也开始损坏而变得不完整,甚至已经不记得该如何找到自己的同伴,该如何回应古神的召唤……"学者摇摇头,"我告诉它,古神早已离开了这个世界,它停顿了很久,说'如果是那样的话,我的使命便已经完成,请带我回到"瓦尔哈拉十三"',随后,它从自己的胸腔中取出一个金属圆球,交给了我,整个人便再也没了反应。"

学者将始终托在右手的那个"烛台"拿了出来,在每个人面前晃了一圈,但显然并没有要放下来的意思。

"在那之后,我一直苦苦研究着这个东西,但即便是苏丹那边最好的工程师,也没法将它解开。于是我想,也许找到那个所谓的'瓦尔哈拉十三',一切自然就迎刃而解。但是,事情没那么简单,在失去了队长之后,阿凡提被推举为探险队的领袖,大家开始管这片无垠的丛林叫作极乐净土，谁也不愿意再离开，而我仅仅是试图离开那条小河回到荒漠，就感到浑身痛痒难耐，但是……"学者盯紧了手里的圆球，"但是，超越这个尘世的无量知识就在我的面前，无论付出多大的代价，也必须将它解开，这是我的伟大宿命。于是我带着整整一袋的奈非果，牵着三匹骆驼，在一个无光的暗夜偷偷出发，难受的时候，就吃一颗果子。我几乎已经记不清回程时的经历，也不知道具体是在何年何月何日回到了翡翠城，那时的我，应该是像个野鬼般灰头土脸吧？在休养了大概两个月之后，我前往苏丹的皇宫觐见，想要报告探险队的经历。虽然苏丹陛下得知探险队违背了他的命令后十分失望而没有听下去，但他手下的术士，那个穿着褐色长袍、蒙着面的神秘术士却在当晚找到了我，我详细说明了一切，除了……除了我手上的这个东西，因为说实话，我真的信不过他。"

"褐色的长袍，还蒙着面？"剑侠搓了搓下巴，"这不就是忽悠俺的那个夙吗？不，不可能，时间对不上，也许他们只是装束相似而已。"

"他跟我说，他来自一个名为'探寻真理之人'的团体，也许你说的夙，也是其中一员，只不过现在也没法得到证明，而得不到证明的捕风捉影，在我看来都毫无意义。"学者慢条斯理地道，"但是至少，从那位术士口中，我得到了关于'瓦尔哈拉十三'的只言片语：他说那极有可能是古神的一座遗迹，现在叫作楼兰鬼城，在遥远的华夏西北方，秦国的境内。"

"楼兰？"剑侠皱着眉头，仔细回想了片刻，"哎？俺想起来了啊！石匠来找俺时，说的就是楼兰鬼城！天子就是打算在那边建造第一座要塞！"

"看来今年真是不虚此行，"学者点点头，问道，"那个什么鬼城离这里远吗？"

"不远，就在北边，走快点半天差不多就能到。"赶在剑侠回话之前，我插嘴道。

就在这时，户外隐隐传来一片惊呼，继而是更加刺耳可怕的轰鸣。一开始，我还以为是地震，但很快就意识到，这声响来自头顶，而非脚下。

跑出饭堂，看到跪伏在地的店小二时，我有些不安地抬起头来，才明白发生了什么：一个扇形黑影自南而来，像一只浮在空中的扇贝，只不过比那要大上数百、数千、数万倍……原谅那时的我，只能数到这么多。

这就是鲲鹏，天空的霸主，上古的大魔，自遥远之地而来，往遥远之地而去，从不关注凡间的万物，只是偶尔降下莫名其妙的杀戮与毁灭，夷平村庄、烧尽农田，留下苦难的传说。

"我的上帝！这鲲鹏怎么看起来这么大？"跟着跑出饭堂的商人惊叹道，"比我以前见到时大多了啊！"

"那是因为它飞得低，"学者阴恻恻地答道，"它今天应该不只是飞过，而是准备要去毁灭什么东西了。"

"你……你当时就是与这玩意儿战斗的？"商人咽了咽口水，"我光看着腿都要发软了。"

鲲鹏从整个驿站的上方缓缓掠过,就像一座悬浮的巨山那样向北移去,只留下身后那几团幽蓝的鬼火……不得不承认,它这样子确实让人感觉到了人的渺小与无力。

"晚上看不清楚,没觉得有这么吓人……"剑侠仰着头,有些失神地道,"而且俺也不是在跟它战斗,只是一头圣仆而已。"

"等等,它这是要去北方吧?"商人眨了眨眼,"那不就是楼兰鬼城的方向吗?"

"石匠应该还在那儿。"学者应道,"看来今年的聚会,他是来不了了。"

"呀,那他赌输了呀,"商人叹了口气,"他应该告诉我们名字才对。"

"你们都在想什么呢?"剑侠怒道,"这时候还在想着什么赌输赌赢的!"

"他叫燕笙,"我想起母亲留下的那四个名字,大声插话道,"他叫燕笙。"

剑侠气得回身大吼:"俺才叫燕笙!俺……"此话一出口,他便意识到自己说漏了嘴,涨红了脸。

"哦,那他应该叫上官雷云,嗯。"我故作镇定地点点头。

"我叫华伦·夏玛。"学者对着有些尴尬的剑侠微微欠身,主动报名,而商人也笑着叹了口气,"我叫阿姆斯壮·杨。二位,幸会。"

"上官雷云是吧?"剑侠用力挠了挠头,龇牙咧嘴地说,"不行啊,这次的酒都还没跟他喝上呢,俺得赶紧去楼兰把他弄回来才行!"

"我也去。"学者平心静气地道,"万一鲲鹏烧了楼兰的遗迹,说不定就再也找不到那什么'瓦尔哈拉十三'了。"

"喂喂!你们都疯了吧?明知鲲鹏要烧城,还过去送死?反正我是不去!绝对不去!"商人先是用力摆摆手,继而耸耸肩,"不过你们倒是可以用我商队里的马,从西洋买来的好马,绝对让你们骑得尖叫。"

"酒菜先给俺们留着,"剑侠冲我点了点手指,"去去就回。"

就这样,学者与剑侠在商人的指引下匆匆上马,朝着鲲鹏的方向扬鞭而去,只为了去救那个他们刚刚才知晓姓名、只有几面之缘的石匠。

那一刻,驿站里的风车突然吱呀作响,开始转动,越来越快。

我知道,东风已起。

五

自那之后,我再也没有见过他们,直到经过了如此之多的历练与磨难之后,才想起这段隐藏在记忆深处的小小往事:在某个立秋的午后,东风将起而未起之时的一次道听途说,竟无意中与这世上最伟大的谜题纠结在了一起。

天黑之后,迦南圣军将以亵神的名义将我处决。而他们的领袖贞德，一位非常仁慈的勇士，向我建议，如果我愿意进行一次蜕皮，就将我当场释放。但对我来说，这与被烧死在刑架上又有什么区别呢？

现在的我已经知道了，亚目人的蜕皮，只是龙鳞替换宿主的方法，作为第一批感染者的我们，注定要在不断的死生中轮回，即便我能依靠所谓的修行和药草来控制，那些姐妹、姨妈们却依然喜笑颜开地诵唱着自古代延续下来的歌谣，欢欣地开始蜕皮……迎来终局。

铁窗外的朝霞若隐若现，属于我的时间已经不多，原谅我，那不知来自何方的看客，这封遗书不能留下亵神的言辞，只能像过去的智者那样，用歌谣与神话留下蛛丝马迹——很荣幸，我也成了这蛛丝马迹中的一鳞半爪：

"龙脉降临，始于星河而终于贪婪；古神陨落，始于疫病而终于征战；圣仆觉醒，始于征战而终于幻灭；万物更生，始于幻灭而终于真理。"

记住，追寻真理的人，最大的力量不在于真理，而在于追寻本身。

暴走节点

我一直相信,若电脑也有良知,它一定比人类做得更好。

一 4:14 PM

卡奥斯城中央区，COW（CHAOS OVER WATCH）大厦，地面行动指挥部。

"各队长注意，现在对目标物的特征进行最终确认，"王虎抹了抹额头的汗珠，稍稍扯开制服的领口，"目标的类别为中型警用战斗机器人，普通版，体型中等，身高153厘米，金发碧眼，白色皮肤，蓝色水兵服，背部统一印有哥特体的'GIRLS'字样，"他用力点了一下触摸屏上的图像，"目前依然没有关于它们运动能力的确切数据，不过根据推断应该与警用的德尔坎三系水平相当，请各单位控制好隔离带，确保民众在我方的火力射程以外。"

他顿了顿，轻叹了口气："精英版的 GIRLS 头部为红发，其他体貌特征与普通版完全相同。根据镭曼公司北方生产部的设计图样，它们的发信器安装在胸口、颈部以下大约15厘米处，两侧均有软化钛合金和陶瓷装甲保护，经过测试，使用监察军制式 MS175 或美制'哈娜'狙击步枪均可以在 200 米距离上实现有效击穿。如果我们能在 30 秒内摧毁全部的精英版 GIRLS——至少破坏它们的发信器，就可以阻止'狮子座'启动'S101 指令'，记住，时间的同一性是本次行动的关键，我们必须确保……"

"长官！"

声嘶力竭的呐喊突然打乱了王虎的思绪，让本就焦躁非常的他更加不耐烦："怎么？"

是身后的副官——穿着黑色的监察军制服，手里拿着话筒，满头满脑都是豆大的汗珠，显然，一两台电风扇可没办法代替出了问题的中央空调。

"花园区的海德格尔美术馆！"不知是因为闷热还是别的什么原因，这位副官一脸苦相，"报告说一部金发的 GIRLS 刚刚发动了武装袭击！造成至少两名平民受伤！"

仿佛遭到当头棒喝的王虎，此时此刻的表情却显得异常淡定："那不可能，'狮子座'不可能伤害平民。"

无论是从逻辑还是感性的角度，他都无法接受这样的事实，虽然从目前的情况来看，这个小小的插曲并不会给结局带来太大变数，但依旧是个完全解释不了的误算——而王虎最讨厌的就是误算。

"下命令吧，"他的上司——加里，那个长着漂亮丹凤眼的冷酷女人轻轻叩了两下映着整个卡奥斯城地图的屏幕，"我不想看到更多平民受伤的消息出现在今天的晚间新闻里。"

"但是老板，到目前为止，还有四部 GIRLS 没有找到……"

"你是想在这里等着圣骑士团来接手吗？"

只是平心静气的一句话，却把王虎给说愣住了。

他点点头——他没得选。

"各小队注意！这里是 COW 地面行动指挥部，"王虎清了清嗓子，"立即瞄准目标，依照我的口令执行处决，务必保证所有的红发女孩在同一时间被击倒！现在，进行最后一次同步确认，各单位在我读秒结束后回报。"

他抬起左臂，盯紧了自己的腕表：

"五，四，三……"

二　3:05 PM

卡奥斯城中央区，COW 大厦，机要会议中心。

王虎可以猜到，面前这帮养尊处优的中央区监察军参谋们现在是个什么心情。

他们肯定也和自己一样，对今天发生在建城纪念日彩排上的事故瞠目结舌，继而哭笑不得——那些原本用来保护他们的 GIRLS 居然同时发了疯，莫名其妙地在大街上游来荡去，变成电视新闻中人人口诛笔伐的"公共安全危机"。

让我们把时间回溯两个钟头，地点是中央区息壤大厦前的喷泉广场，如果不出意外，一年一度的建城日庆典将照惯例从这里开始——虽然那将是三天后的事情，但铺天盖地的广告已经提前爬满了整个广场，从汉堡包到电子游戏，从德国大众到路易威登，来自五湖四海的资本家们绝不会放过这样一个好机会——在人均 GDP 世界第一的城市里宣传自己的产品。

作为今年庆典的重头戏，监察军将在游行中展示他们最新的"玩具"——被称为"GIRLS"的治安辅助系统。这玩意儿其实并不是什么新鲜货，两三年前北京和纽约的大街上就出现过人机搭档的巡警组合，但这次在监察军放出的公益广告中，GIRLS 被描绘成了划时代的科技应用典范——广告嘛，都是这个样子的。

为了增加普通民众的好感度以及将来可能出现的商业噱头，GIRLS 银光闪闪的金属壳外面被套上了一层色泽粉嫩的橡胶皮肤，光秃秃的脑袋被粘上了假发，再配上一身化纤质地的蓝色水兵服，原本了无生气、冰冷干瘪的战斗机器人，摇身一变就亭亭玉立了起来。

当然，即便外表设计得再亲切可人，四百具一模一样的躯壳排成方阵，站在广场中央——这样的场景依旧让人心生一种莫名其妙的寒意，至少王虎是有这种感觉的。

据说，这些拥有钢筋铁骨的洋娃娃个个身价不菲，光是为它们量身定做的软件就花去了卡奥斯城数千万元的预算。

而问题显然就出在这套软件上面——机器是没有灵魂的，驱使 GIRLS 离开广场，在城区里漫无目的散步的缘由，一定就藏在它们小小的硬盘里，一次格式化，或者一次直接的物理破坏，就可以让这些机器人老老实实地该干啥就干啥去。

当时的王虎对此深信不疑，也正是基于这个认识，他在制订行动计划的时候，才不得不求助于一个外人——

"这位是来自韩国的宋文婷博士，镭曼公司北方生产部的高级督导，"王虎指了指身边的全息投影，"她将会在技术层面为本次行动提供建议。"

这个女人戴着眼镜，身形娇小瘦弱，看样子有四十岁上下，与那极富东方色彩的名字相悖，她长着一张明显属于中亚人种的脸：

"各位监察军的长官，下午好。"也许是卫星信号的关系，投影的反应似乎有些延时，"我只是一个技术人员，因此不善言辞……"她顿了顿，"所以就长话短说好了。"

王虎微微摇了摇头，发出一声习惯性的轻叹——他知道这些技术人员的通病，总是在开始长篇大论之前强调自己会长话短说。

"知己知彼，方能百战百胜。所以首先，我希望你们明白GIRLS的作用原理……"

"抱歉博士，不是我有意打断，"王虎很有礼貌地扬了扬下巴，"说明书在一个月前已经发过了，而眼下我们的时间……"

"我明白，"女博士斜了他一眼，然后推了推鼻梁上的眼镜，"GIRLS是'地面情报回馈链接系统'的缩写，它本身是一套人机协同的多点式工作体系，你们所看到的装甲萝莉其实只是海平面上的冰山一角。"她耸耸肩，"我相信以COW的效率，摧毁四百部装备警用手枪的机器人易如反掌，但要让GIRLS恢复常态并找出它失控的原因，就是另一回事了。"

王虎点点头："那么您的建议是？"

"GIRLS 分为普通和精英两种型号，它们之间的关系就好比是玩具汽车和遥控器，"博士的投影旁出现了两具旋转着的机器人图像，"由于外貌上不好区分，在出厂时，我们特地给精英版的 GIRLS 装上了红色假发，普通版则是金色。在内部结构上，两者有着相当大的区别——精英版拥有昂贵的吊笼式胸甲，用来盛放 GIRLS 特有的信号发射器……"

"用来控制普通版的发信器，"王虎打断她道，"这在说明书上已经写得很清楚了。"

"用机器人来控制机器人，这可是现代科技史上的突破。"

"是啊，我看得出来，"王虎语气中显然带了些戏谑的味道，"这次突破似乎不那么成功呢。"

博士皱起了眉头："我可以用公司的名誉担保，女孩们没有问题，它们的处理器速度很快，但储存设备容量很小，连基本的人工智能都不具备，只可能按照规定的程序行事，就和您家的微波炉一样安全。"

"呃……但是，博士，"王虎搓了搓满是胡楂儿的下巴，装出一副很是为难的样子，"你的微波炉貌似影响了市容，还捎带诱拐了我们的'狮子座'呢。"

看得出来，好几个参谋是强忍着才憋住了笑。

"唔，也许你们不愿意承认，监察军的诸位，"博士冷言冷语地道,"但问题并不出在我的'微波炉'上,而正是出在这里——出在你们使用的人工智能'狮子座'上。"

无论男女老少,在场的几乎每个监察军成员都板起了脸,他们仿佛受到了什么侮辱似的,一语不发,目光中写满了纠结与愠怒。

"宋博士,"王虎干咳了两声,"我希望您明白,'狮子座'已经在卡奥斯城服役超过十年,它是我们监察军的得力干将,是中央区——不,是卡奥斯城不可或缺的守护神。我们的整个治安系统——从连环杀人犯的档案到违章停车的罚款,全部都交由'狮子座'亲手打理,它从没有失误过,连一次都没有过。"

"它很聪明不是吗?我听说你们私底下管它叫老情人?是这个外号吗?"

王虎注意到对方使用的人称代词发生了变化,莫名地警觉了起来:"这外号就是我起的,博士。"

"你很喜欢它?"

"与现任女友相比的话,嗯,我猜我更喜欢它一些。"

"那你一定很熟悉它的设计参数,以及之后历次升级的数据了?"

王虎觉得对方似乎是在给自己下套:"博士,今天我们要求贵公司给予协助,是希望你们能够提供有价值的建议,来平息一次大规模公共安全事件……"

"不想回答的话,我来告诉你答案,"宋文婷微微一笑,"'狮子座'现在是一台第十二级的人工智能电脑,只有依靠定期的、有针对性的删节才能阻止它产生完全独立的自我意识。"她顿了顿,"对,我知道这是最高机密,但你也不用那么吃惊,因为负责这个工作的人正是在下,因此总公司才会派我来协助你们,这很合理,对吧?"

王虎"啊"地轻叹了口气:"这样……原来镭曼早就有结论了。"

"是的,这次事件被定性为侵入性电子生态灾难。对你们来说这个词可能有些陌生。"博士低下头,又慢慢抬起,"一句话——在安装了GIRLS的程序之后,你们的'狮子座'觉醒了。"

"嗯——"

王虎似懂非懂地点点头,然后又是习惯性的一声轻叹:

"今天是个好日子呢。"

三　3:30 PM

卡奥斯城中央区,COW大厦,简报室。

"以上就是本次行动的具体计划,各位队长,还有什么问题吗?"愈发闷热的室温,让王虎情不自禁地把手里的文件夹当成了扇子,"另外,我说……修空调的呢?监察军的工资不是这么好混的吧?"

副官连忙上前一步,小声耳语:"空调是去年安装的节能型,后勤部的人已经试过了,修不好,他们刚刚打电话通知了客服。"

"废物！"王虎一声闷叹，双手撑住桌面，"吉米！告诉我，你觉得这个计划可行吗？"

"嗯……"被提问的队长坐在最后一排，如果不是因为体型巨硕，还真看不出是谁在说话，"我……觉得……"

"起立！还有，不要每次都支支吾吾，回答得干脆点儿。"

"说不好。大概百分之二十吧。"

"很好，"王虎抬手示意对方坐下，"借你吉言，看来我们这次稳操胜券了。"

除了王虎，在场的每一个人都笑出了声——其中也包括吉米本人，他的乌鸦嘴在监察军中非常有名，以至于几乎每次任务之前，都会有上级来询问所谓的可行性，以此来讨个好彩头。

老实说，王虎多少是有些心虚的。

在短短十分钟里制订出的这个计划，且不说是否周密，连到最后能得到怎样的结果都是个未知数。

首先，按照宋文婷博士，或者说镭曼公司的理论，这次事件的根源在于卡奥斯监察军使用的人工智能"狮子座"太过聪明，在安装了 GIRLS 的控制程序之后，获得了前所未有的新知识，因此一瞬间开了窍，产生了完整的自我意识，继而像新生的婴儿般，用手头可以调动的一切资源探索这个世界。

就王虎的理解来说，这简直是近乎推卸责任的瞎扯淡。"狮子座"接纳过比 GIRLS 复杂十倍的程序，遭遇过无数的死机与崩溃，其系统内每小时的数据流量都可以用天文数字来形容，现在四百台玩具就能让它情窦初开？这不是在说笑话吧？

但问题在于，无论是"狮子座"本身还是 GIRLS，还是之前喂给"狮子座"的一切不管有用没用的补丁程序，全部由镭曼经手——虽然不全是他们开发，却都打着公司的商标，他们也就理直气壮地拥有了最高解释权。

也就是说，这次行动的对手不是在大街上散步的洋娃娃，也不是支撑洋娃娃背后的 GIRLS 程序，而是控制 GIRLS 程序的超级电脑"狮子座"。

当然，监察军可以选择简单粗暴的手段——输入最高权限密码，对已经不接受任何命令的"狮子座"进行强制终止，这会直接切断"狮子座"的全部电力供应——确切地说，是炸掉全部的电力供给，完全彻底、一劳永逸地让它安静。

但是对一颗悬浮在地球同步轨道上的卫星来说，摧毁它的电池容易，但给它重新安上电池就难上加难了，且不说发射航天器的费用，单是让"狮子座"停止工作几天，就足以给卡奥斯城造成上亿元的经济损失。

当然，并不是所有人都知道"狮子座"的本体安装在一颗卫星上，不管从哪个角度说，这都是至关重要的军事机密。

根据宋博士的经验，改写"狮子座"的程序也好，扼杀它懵懂的自我意识也好，这些工作虽然都简单至极，但也都需要时间来完成。而当前卡奥斯城面对的问题，是四百部装备了 9 毫米警用手枪的战斗机器人在大街上游行，无数新闻媒体在后面跟拍，一旦"狮子座"发起疯来，随时都有可能出现难以挽回的国际悲剧，然后整个卡奥斯监察军工作人员少说也得下岗三分之一。

因此，王虎必须找到一个既不伤害"狮子座"，又能让 GIRLS 迅速安静下来的办法。

他觉得自己找到了。

普通版的 GIRLS 是真正的人偶，一旦牵着它们的线被斩断，它们就完全丧失了行动能力，变成一堆废铁。相对而言，精英版就麻烦得多，它们直接被"狮子座"控制，是这台超级电脑的耳目喉舌，做出任何反常之举都不足为奇，就算用电磁干扰切断信号，它们也具备独立的行动与思考能力，那样反而会变得更加危险。

看起来复杂难解的形势，在和宋文婷博士一番商讨之后，突然就变得明朗非常：如果能够把所有的精英版——也就是红发少女搞定，这场危机自然就会化解，接下来只要等待镭曼公司给"狮子座"打个补丁，把它变回弱智就万事大吉。

但这里却涉及一个投鼠忌器的困局。

王虎和博士都对"狮子座"的真面目心知肚明——它不仅是整个卡奥斯城治安系统的根基，更是一台被设计用来抵御敌国侵略的战斗模拟器，一旦监察军遭到武力打击，它会根据损失判断对手的规模，进而采取必要的反制手段。

从部署监察军陆战队到启动全面空中打击，从发射巡航导弹到请求盟友提供核威慑，"狮子座"可以在无人控制状态下发表几乎一切军事提案，虽然这些提案原则上必须经由人类来执行，但在某一个特定条件下例外。

"全军覆没?"

"没错,全军覆没,也就是传言中的 S101 指令。"面对有些吃惊的王虎,宋文婷博士显得格外镇静,"这不是说监察军真的全部完蛋,而是指为'狮子座'提供情报的触角大部分失去了响应,'狮子座'将默认卡奥斯城的武装力量遭到歼灭性打击,进而接管最高军事指挥权——所有监察军的次级电脑将全部由它直接控制,甚至包括每一个陆战队员身上的数字化作战系统。"

"让我猜猜,这个触角包括 GIRLS?"

女博士干咳了两声:"抱歉,长官,我必须得说,你们发现'狮子座'失控之后,主动中断了与它的数据交流,那么公司现在有理由相信,GIRLS,也就是大街上的那些机器萝莉,就是'狮子座'剩下的唯一触角了。"

"那我是不是可以理解为,我们现在还没法对这群女孩子下手?"

"不,恰恰相反。"博士露出一丝略带兴奋的笑意,"还记得 GIRLS 的全称吗?"

王虎着实还回忆了几秒:"是叫……地面情报回馈链接系统?"

"很拗口对吧?但非常形象。"宋文婷扶了扶眼镜,"GIRLS 本来就不是用来作战的兵器,而是协助你们监察军维护治安、侦破案件、收集证据的情报分析工具,它们最大的价值在于带回信息而不是拼死力战,因此我们才会设计出多层控制的模式——普通版负责搜集情报,精英版负责处理情报,最后,'狮子座'负责分析情报。即便摧毁全部的普通版 GIRLS,精英版依然可以单独完成搜集情报的工作,对整个系统毫无影响,而如果有一台精英版被击毁……"

"那么它控制的所有普通版就会瘫痪,"王虎颇自信地点点头,"这就是我们的突破口,对吧?"

"你错了,长官。"宋文婷发出了令人非常不舒坦的几声冷笑,"要么大功告成,要么一败涂地——这里根本就不存在什么突破口。长官,我不知道你明白我的意思没有?"

发觉遭到嘲弄的王虎双臂抱胸,一声轻叹:"万望赐教。"

"GIRLS 中的'L'代表了链接,它代表了一种我们开发出来的革命性机控体系——"一幅像是树状图的影像出现在博士的投影旁边,"如果有一台精英版被击毁,它所控制的普通版会立即离线,并在三十秒后进行再启动,自动搜索距离最近的精英版,完成第二次链接。根据最初的设计,单个精英版所搭载的电脑足以同时对十五部普通版下达指令,在出厂前我们把这个数字提高了一个平方。"

"一个……"王虎觉得自己肯定是听错了,"一个什么?"

"平方,也就是225。"博士顿了顿,"数字并不重要,重要的是特性。你若想在不伤害'狮子座'的前提下搞定 GIRLS,就必须确保你的人能够在三十秒内搞定所有的精英版——至少破坏它们的通信机能。"

"这容易,一颗大当量的 EMP 炸弹应该就能够做到。"

"在卡奥斯城的核心地带投下一颗EMP？"宋文婷摇摇头，"我猜你还没有疯狂到那个程度。"

的确，即便只是使用最轻微的电子战手段，也会给卡奥斯城造成不可估量的经济损失，这座依靠钞票堆积起来的巨型堡垒看上去固若金汤，实际上却比一只玻璃缸还要脆弱，打碎一个小小的环节，就有可能让整个经济体系瘫痪。

"那么我们只能一对一歼灭了。"这个时候的王虎，脑海中已经有了计划的雏形，"这次进城的GILRS中只有二十部是精英版，而且已经全部被我们跟踪了，如果我们能够选择适当的时机，命令二十个攻击组同时出手……"

"相当不错的点子，"博士点点头，"但我必须善意地提醒你，你的时间只有三十秒，超过了这个数字，只要有一台精英版还存在，它就会把遭到攻击的信息处理完毕，然后计算出损失率，传递给'狮子座'……我无法预测它会做出怎样的判断，但可以肯定，一定是你们不想见到的判断。"

王虎已经暗暗地列下了名单——吉米、巴特、西蒙……一个简单到一句话就可以说清楚的行动方案，慢慢浮出了水面。

"这你不用担心，博士。"他露出一丝不易察觉的微笑，"我这边有世界上第一流的狙击手。"

四　4:15 PM

　　卡奥斯城花园区，维纳斯广场。

　　它向前走了一步，又走了一步，然后停下脚步，默默地注视着面前近在咫尺的花坛，好久好久，一动不动。

　　50米开外，被警察拦住的市民们高举着手机、DV和一切可以记录影像的设备，就好像是在注视一个从天而降的外星人——人们既激动兴奋，又带着一点"会不会有危险啊"这样的紧张感。

　　它却毫不在意。

　　它和它身后的三名金发同伴一样，毫不在意。

　　在它的扫描仪中，这些人被标记为市民——毫无威胁、毫无能力，属于最需要被保护和照料却也最没用处的群体。按照事先设定的程序，只要这些人不主动过来搭讪——比如问个路或者报个警什么的，GIRLS根本不会理睬他们。

　　这部留着红色长发的拟人机器，在众目睽睽之下跨过花坛，不知受到了什么东西的驱使，它做了一个完全不符合常理的动作——伸出左手，摘起一朵杏黄色的小花，放到眼前，仿佛从未见过似的端详起来。

　　颜色、形状、气味……这些能被人类轻易感知的东西，在它看来是如此陌生与神秘。不光是眼前的这朵花，不光是周围的人群，不光是天地之间的万物，它无法理解的，是这整个世界。

"我是谁？为什么会在这里？在这里做什么？"

难道，这种莫名的空虚感，是所谓的智慧？

这台拥有妙龄少女外貌的钢铁人偶，屹立在花坛中央的喷泉旁，宛若落入凡尘的翩翩仙子，美得清新脱俗。

它别过头，看着警戒线外的楼宇，亮蓝色的瞳孔中，映出一张张不安的面孔。为什么？为什么这些人在后退？他们是在畏惧什么吗？是在害怕娇小冰冷的自己吗？是自己做错了什么吗？是因为自己不够友好吗？

只有一个办法可以找到答案——收集信息。

它努力地检索着记忆体中有关礼貌的用语，然后慢慢地转过身来，露出一个虽然了无生气却莞尔动人的微笑：

"请问……"

绵软温柔的话语，被剧烈的枪响打断。一发8毫米钛金螺旋弹从它的胸口贯入，在撕开一个大口子之后，又从背心穿出，打在花坛的泥土上，溅起一长串半米高的花屑。

"BODY DAMAGE！"

系统发出刺耳的警报，它知道这行字意味着什么——有人正在使用致命暴力破坏卡奥斯城的公有财产！根据《卡奥斯城公共安全管理条例》第三十二条，这是足够当场击毙的重罪！

它摇摇晃晃地打了个趔趄，却没有倒下。显然，刚才的直击并没有伤到要害——至少是没能伤到发信器，它和它身后的两个金发同伴同时拔出了腰间的武器，面朝枪击袭来的方向瞄准。

已经变得猩红的瞳孔里，装着最先进的图像识别设备，不到半秒，狙击小队的位置便被锁定。它把这些胆敢袭击自己的狂徒用醒目的红框标记出来，然后抬起持枪的右手，单指向前：

"指令是摧毁，模式代码：剑盾。"

它的两位同伴突然俯下身姿，手脚并用地朝人群冲去，那速度不仅远超人类，连一般的警用机器人也完全不能与之媲美。

市民们号叫着，推搡着，见了鬼似的开始转身逃跑，也就在此刻，负责狙击的监察军士兵射出了第二颗子弹。这是极度冷静的一枪，射手丝毫不在意脚下溃逃的平民和两部迅速逼近的战斗机器人——正如王虎所自信的那样，卡奥斯城确实拥有世界上第一流的狙击手。

这一次，监察军正中目标——在击穿了两层软化钛合金胸甲之后，子弹撕开了发信器的主干，又顺带将中央处理单元震得粉碎。

血色从瞳孔中褪去，它丧失了最后一点思考的权利，重重向前俯倒，直挺挺地趴在花坛中央，而几乎是在同时，那两名同伴刹住了脚步，恢复刚才亭亭玉立的造型。

直到最后一刻，它的左手里，都始终紧紧攥着那株杏黄色的小花。

五　4:16 PM

卡奥斯城中央区，COW 大厦，地面行动指挥部。

就在二十秒前，大屏幕还被四百个标记着绿油油"ON LINE"字样的栅格占满，随着王虎的一声令下，鲜红色的"OFF LINE"开始以几何级数扩散开来，眨眼间就打下了半壁江山。

"H 队报告！花园区丘比特街，目标击毁确认！"

"M 队报告！中央区圣卡西教堂，目标击毁确认！"

"T 队报告！花园区公共交通中心，目标命中，正在确认摧毁率！"

此起彼伏的叫喊声在指挥大厅中回荡，像是已经嗅到了胜利的气味，每一次报告都化作兴奋的神采，洋溢在所有人的脸上。

只有王虎和加里这两个站在监察军顶点的男女不动声色，冷静得就好像是局外人。

是的，这便是加里——这个年近四十岁的消瘦女人，浑身上下都散发着一股强者的霸气，有时冷漠到让人觉得难以接近，有时又狂热得仿佛中世纪的十字军战士，一言一行，一颦一笑，举手投足，无不带着威严与庄重，与怎么看都像是富家阔少的王虎形成鲜明对比。

回想当初，王虎还是个毛头小子，他上班开豪车，午饭喝自带的波尔多红酒，在洗手间的马桶上抽顶级雪茄……几乎每个人都预言他会在六十天内不辞而别或者被扫地出门,只有加里在这个年轻人桀骜的双眼中看到了一丝光芒:"我们可以给他一个机会。"

五年前的这句话,如今有了不可思议的回报。王虎依旧开着豪华跑车上班,依旧自斟自饮着昂贵的美酒,但此时此刻,他已经是 COW 历史上最年轻的地面行动指挥官,是多次出现在电视新闻媒体中的都市偶像,是打击犯罪、维护世界和平的超级英雄。

不是经验,亦不是技巧,王虎能够走到今天,凭借的不过是勇气与执着,一点点的运气以及那如同野兽般敏锐精准的直觉。

现在,直觉告诉王虎,似乎有什么不对劲。

计划顺利——被跟踪的二十台精英版红发少女,还没来得及有所反应,便被监察军的狙击手逐个拿下,当红色方格终于遍布整个屏幕的时候,指挥大厅里传来一阵如释重负般的叫好。

但是,直觉告诉王虎,有什么不对劲。

他根本就没有在看大屏幕,相反,王虎垂着头,紧紧盯着面前的台式电脑。

液晶屏上的录像,来自海德格尔美术馆,监控摄像头拍下了 GIRLS 发动袭击的一幕,时间正是三分钟前。

那台金发 GIRLS 穿着水兵服,推开门,出现在走廊上,毫无征兆地掏出腰间的配枪,先是干倒了一名保安,随后又朝人群一阵乱射,从容地扬长而去。

这应该是之前漏网的四台普通版中的一员,虽然已经派出搜索队,但那也是亡羊补牢——毕竟,最重要的二十台 GIRLS 已经被击毁，剩下的三百八十台理应停止活动，再构不成任何威胁。

"为什么唯独是这个女孩会袭击人类？"王虎颇为不解地喃喃自语道，"为什么'狮子座'会命令它对人类下手？"

他盯着画面中 GIRLS 那张模糊的脸，无数的猜想在脑海中翻腾跌宕，想要编织出一个足够说服自己的可能性来。

一阵凉风袭来，仿佛是为了庆祝任务顺利完成似的，空调系统又恢复了运行，在场的每一个人都难掩内心的愉悦，将微笑挂在了脸上。

但这笑容，转瞬之间就凝固了——

大屏幕上，出现了一个极碍眼的绿色方格。

这小小的绿色方格，让整个指挥大厅里鸦雀无声，过了好几秒，才有一个微弱的、颤抖着的声音轻声报告：

"林荫区夏奈街，GIRLS 205 号恢复链接。"

"林荫区夏奈街，GIRLS 209 号恢复链接！"

"林荫区……GIRLS……呃……"

已经无法、也没有必要再做出报告，满屏幕的绿色方格，以无情的速度把结局写了下来。

王虎与加里面面相觑，虽有满腹狐疑，两人却连一句话也说不出来。

还有一台——还有一台精英版的 GIRLS 没有被消灭！这条漏网之鱼让整个行动功亏一篑，并会导致灾难性的后果："狮子座"将得到 GIRLS 反馈的全部信息，然后做出极端可怕的判断——卡奥斯城被敌国入侵，监察军遭到了毁灭性打击，指挥系统很可能已经完全失效，只有通过一种方法，一种近乎疯狂的方法才能在危如累卵的形势下拯救这座城市——

启动 S101 指令！

作为万般无奈下的最后手段，加里大步走到了总控制台前，她把两名操作员拉开，撬开一个标着"紧急"字样的翻盖，把整个右手掌都摁了进去。

"这是要干什么？"就在这时，王虎突然摁住了她的肩膀，"输入最高权限密码？"

"你觉得呢？"加里斜了他一眼，"还能是什么？"

"考虑清楚，老板——这是'狮子座'。"

"正因为是'狮子座'。"

正因为是"狮子座"——王虎明白，加里并不是在大惊小怪，恰恰相反，作为监察军的最高指挥者，她在极短的时间里做出了一个极具魄力的决断，也是目前唯一能将损失降到最低的办法。如果放任"狮子座"启动 S101 指令，从交通运输到武器管理，卡奥斯城将蒙受难以想象的损失。

并不需要输入什么实际的密码，翻盖里的感应器会自动扫描加里的指纹和血压，在确定她的精神状态正常并且心意已决之后，系统便会进入最终确认的环节——

操作台里探出一枚像是摄像头的诡异物体，从里面射出的红色激光束不偏不倚，刚好落在加里的眉心中央。

行为可以被模仿，相貌可以被伪装，但是两个人的思想永远无法完全一致。电脑扫描完加里的大脑表皮层，读出她特有的思维模式，与之前录入的模型进行比对，在一切都核查无误之后，大屏幕上跳出一行即便在演习中也从未出现过的进度条：

"最高权限密码发送中……请等待！"

大厅里鸦雀无声，弥漫着的悲哀与失落，整个场面仿佛葬礼上的默哀仪式。

他们知道，在进度条读完之后，今天失去的将不只是荣誉、尊严这些虚妄的东西，还会失去一个老朋友，过上一段艰苦混乱的倒霉日子。

但偏偏就在这个时候，一件最不可思议的事情发生了：

"密码发送失败，请确定所有相关程序正常运行。"

所有人都向加里投来疑惑的目光，把她看得一阵不自在。

"呃，"王虎干咳了一声，"你该不会是克隆人之类的东西吧？"

"现在可不是开玩笑的时候，王虎。"加里看了看自己的右手掌，"我们遇到大麻烦了。"

她没有夸大其词——现在，已经没有东西可以阻止"狮子座"启动 S101 指令，整个卡奥斯城的安全保卫系统即将落入一个完全失控的人工智能之手，而身为直接责任人的监察军们，此时此刻却只能站在指挥大厅里发怵——还有比这更大的麻烦吗？

"糟糕！"加里马上就想到了一个，"快！给我电话！接航空队司令部！"

她不知道是否还来得及。

六　4:17 PM

北海，西罗先人工岛，卡奥斯监察军航空队驻地。

恐怕全世界都找不到像卡奥斯监察军这样混乱的编制。

COW 本身是一个兼具警察和军队功能的武装组织，但在卡奥斯城大部分市民的眼里，COW 就是以中央区为据点的监察军，是一个把维持治安、打击犯罪、保护百姓生命财产安全作为最高准则的精英团体——就和外区的恶魔猎手、花园区的治安巡警一样，只不过监察军作为议会直接设立的组织，在卡奥斯城的每一个区都拥有最高权限，是警察中的警察。

几乎所有的老百姓都这样想，但很可惜，他们大错特错了。

住在中央区 COW 大厦中的那些人，只能算是卡奥斯监察军中的边缘角色，他们所使用的装备不可谓不先进，但最多也只是警用级别，真要较起劲来，可能还打不过外区恶魔猎手麾下的装甲巡逻队。

真正让卡奥斯这座小小城邦成为地区霸主的，是监察军中的两支核心力量——陆战队与航空队。他们虽然也打着 COW 的旗号，却隶属于完全不同的独立指挥系统，只对议会的最高命令负责，在一般的小行动中根本无法看到他们的身影。

按照原先的安排，监察军航空队将在今年的建城纪念日上大显身手。除了展示最新装备的歼 21Z 型战斗机，还会有一场实战级别的 AI 对抗表演。卡奥斯城自己并没有航空工业，军民飞行器均完全依赖进口，但他们在电子系统上的造诣却堪称翘楚，任何与人工智能扯上关系的军工产品，在国际军工界都是抢手货，其表现好坏，直接影响到将来是否能卖出大价钱。

也正因为此，卡迪亚斯中将比起军人来，更像是一个商贩。

无人驾驶的战斗机就是商品，有人控制的长机就是业务主任，而整个卡奥斯监察军航空队，则是一个巨型的集团企业——向客户们展示商品的优异，而后由主管们现身说法进行推销，争取能卖个好人家——当然，衡量的标准是它能出多少钱。

作为产品质量验证的重要组成部分，演习和测试必不可少，而在今天这样特殊的日子里，把关就更为严格，以至于卡迪亚斯中将本人也不得不亲临指挥塔台，以确保万无一失。

现在，他正端着咖啡杯，欣赏着窗外的蓝天碧海。几道白色的飞机云在空中交织错落，就像是神灵编出的巨网，扣在天地之间。

今天的模拟对抗，就是建城纪念日的预演，四个中队升空之后列好阵形，在各自长机的带领下捉对厮杀。与以往类似的实战演习不同，这次投入的战斗机全部搭载无人驾驶系统，甚至连驾驶舱都被去掉了。

人工智能——对，就是这个东西，把残酷血腥的战争变成了惊心动魄的电子游戏。总有一天,至少卡迪亚斯中将相信,战争会远离尸横遍野的惨象,变成一场纯粹的技术资源竞赛。

"将军!"一个传令兵火急火燎地冲到身前,连军礼都没行完就开口道,"监察军总部紧急通信!加里中将直接打来的!"

哼,又是那个大惊小怪的讨厌女人——将军这样想着。

"多半又是'狮子座'的问题吧,通知过两三次了。"卡迪亚斯不紧不慢地呷了口咖啡,"你告诉她,我们这边的训练最多还有二十分钟就会结束,到时候再关闭作战系统也不迟。"

"不!将军!加……"传令兵突然提高了嗓门,"加里中将特别强调,必须你亲自和她对话。"

卡迪亚斯咂了一下嘴:"好吧,十二频道。"

他拎起控制台上的话筒,深吸了一口气:"我是卡……"

不等他报完姓名,加里特有的女低音便已喷涌而出,只是短短的几句话,竟让这个年近六旬的老将军手脚发软,咖啡杯也因此掉到了地上。

"该死的蠢货!"

连"再见"都没有说,卡迪亚斯便把话筒猛地合上,像一头发疯的野兽般,挥手大吼道:"立即中止演习!命令所有战机返回基地!立即!"

指挥室里的官兵们抬起头来,用一种不可思议的表情盯着卡迪亚斯,但这犹豫也仅仅持续了两三秒钟,军人的天职让他们马上就开始埋头执行命令。

卡迪亚斯捂住胸口，念念有词——作为一个不那么虔诚的天主教徒，此时此刻，他只能祈祷上帝再眷顾他这么一次了。

可惜今天，上帝不在。

塔台里的每一个电子显示屏，从大到小，从里到外，从厕所到员工休息室，全部变成了黑屏，一行雪白的英文短句在五秒后跟着闪现了出来：

"BATTLE CONTROL ONLINE."

七 4:20 PM

北海上空 3500 米。在"渡鸦"的雷达屏幕上，十几个标记着"友方"的亮点正在朝这边靠拢，照这个速度，用不了三分钟，这些本该在北海上空进行武装巡逻的战斗机就会加入演习编队，组成一支拥有四十架歼 21Z 和八架 F91 的庞大机群。

"其中三分之一装备了实弹。有两架巡逻的 F91 应该还是满负荷。"渡鸦向同伴发出了不安的讯息，"够把咱俩打下来三十次。怎么办？"

几乎是马上便有了回应：

"不关我的事。""雪鸽"回道，"你的运算单元比我多百分之二十，这种问题怎么好问我呢？"

"别吃醋啊！我只是最近这次升级才超过了你的配置。你用不着一天说二十四次吧！"

"你也接到返回基地的命令了吧？别不自量力。反正我要回去了。祝你好运。"

雪鸽控制的 XAF40 摆了摆翅膀，向身旁的渡鸦示意，然后突然抬起机鼻，打开减速板，像只断线的风筝般飘进云层，眨眼间就连影子都找不到了。

卡奥斯城早在五年前就开始试着将拥有模拟人格的 AI 搭载在战斗机上，但实际效果并不理想，有时还不如单纯的无人驾驶系统好用，在衡量过性价比之后，监察军终于决定放弃批量装备这种 AI。

但模拟人格本身却具有不可估量的附加商业价值，在科学研究的名义之下，为数不多的 AI 保留了下来，升级之后塞进了专门用来测试新配件的无人机中，成为独立的试验分队。

渡鸦和雪鸽正是其中的佼佼者，在多次模拟对抗中的战绩均名列前茅，不仅是普通的无人机，连颇具水准的老飞行员都败在它们马戏团表演般华丽的飞行技术之下。

但今天的情况确实有些棘手——就在两分钟前，"狮子座"突然开始执行 S101 指令，横起一刀夺下了整个监察军航空队的控制权，那些趴在地上、连燃料都没加注的飞行器自然是动弹不得，但问题在于已经在天上飞的这四十来架无人机，现在已经没有任何办法再让它们降落了。

渡鸦知道"狮子座"只有在默认卡奥斯城遭到歼灭性打击的情况下才会启动 S101 指令，因此也明白这样做对航空队来说意味着什么——所有仍能行动的战斗机都会被"狮子座"集结起来，与入侵的"敌国"空军进行最后的殊死一搏。

而实际上执行 S101 指令的"狮子座"根本就不会去区分谁是敌国，除了友方，它会攻击任何进入卡奥斯城防空圈的飞行器。

作为一个拥有独立思考能力的人工智能，渡鸦当然不会执行"狮子座"的命令，但不知为什么，它也不太想立即返航。

通过调阅飞行时刻表，它知道当前有两架民航即将飞抵卡奥斯国际机场，其中有一架从中国重庆出发，将于下午四时二十三分降落，从距离上判断，"狮子座"控制的机群可能还没扑到，那边飞机就已经着陆了。

另外一架的数据也跳了出来——"航班号 4093，空中客车 776 型喷气机，乘员 453 人，约翰内斯堡到卡奥斯城日间航线，四时三十分降落。"

"453 人啊。"莫名其妙地，渡鸦觉得自己应该做点什么。

"如果我阻止了'狮子座'，航空队就会为我添置更高级的装备"——它并不知道，这种感情叫作欲望。

"如果我阻止了'狮子座'，那些反对我的人一定会闭上嘴巴"——它并不知道，这种感情叫作骄傲。

"如果我阻止了'狮子座'……就会有 453 人不用死"——它并不知道，这种感情叫作慈爱。

模拟人格最大的问题就是不确定性——思想产生智慧，智慧产生情感，情感变成动摇，本来具有钢铁般意志的机器，在拥有了人格之后，就化作了时不时会违抗命令的刺儿头，其军事价值也因而锐减。

但至少这一次，在复杂情感的驱动之下，"渡鸦185"做了一个在人类看来完全无法理解的正确判断：它启动引擎，以最快的速度追上了正在集结的编队，紧紧地跟在后面。

这个庞大机群的确切数量是四十八，其中有四十架是火力和隐身性能都在自己之上的歼21Z型，还有八架是更难缠的重型战斗机F91型，只携带了八枚短距离空对空导弹的渡鸦无论怎么计算，都没有丝毫胜利的可能性。

但它不怕死。

真正的战士都是赌徒，即便被人称作王牌，也必须提着脑袋走上杀戮场，一不小心就前功尽弃，输个血本无归。

但渡鸦不同，它的全部数据在基地里都留有备份，每次任务执行完毕，记忆就会刷新一次。从某种意义上说，装在飞机上的这个东西不过是自己的分身，即便被打成了粉末，最多不过是丧失一小段经历而已。

这就好比是一场能够看透对手底牌的梭哈，即便是输，也不会感觉到半点恐慌。

渡鸦知道自己不可能打败规模如此巨大的机群，但它完全可以打乱"狮子座"的阵脚，利用XAF40超强的机动性和速度与其周旋，为民航的离开拖延时间。

首先，它必须引起"狮子座"的注意——也就是要向这个庞然大物证明自己有被当作对手的资格。

渡鸦打开了弹仓，把全部的八枚"孔雀石"导弹都推进了发射位，然后启动火控雷达，同时瞄准了全部战斗机的四十八个屁股。

在"目标锁定"的字样跳出来的同时，一段冰冷而不带任何感情色彩的信息传到了渡鸦面前：

"机型确认：性能测试用的无人驾驶战斗机 XAF40，搭载系统不明，推断为白鸟姊妹机雪鸽。你好，雪鸽。我是渡鸦。"这其实并不是渡鸦第一次与"狮子座"对话："请指示。"

"渡鸦，我侦测到你正在锁定友方战机，根据飞行管制条例44302，请你立即停止此行为。"

机会就只有一次——渡鸦加速，平飞，仔细选择好角度，在"狮子座"一遍又一遍的警告声下，毅然决然地选择了发动攻击——

孤注一掷！

八枚"孔雀石"滑出弹仓，在空中翻滚了三四圈之后，突然同时点火，像八支离弦之箭，呈扇形飞向前方 800 米处的机群。

距离太近了，虽然放出了干扰球，虽然做出了闪避动作，位于编队最后方的三架歼 21Z 还是被导弹直接命中，化作七零八落的碎屑。

三千六百万卡奥斯元打了水漂——钞票在燃烧，这就是现代战争的真相，也许唯利是图的卡迪亚斯中将并没有错，只要赚到足够多的钱，就可以压倒一切凡间的对手。

一架被盯上的 F91 打了两个转儿，像水蛇般扭动着向下俯冲，试图躲掉屁股后面迅速逼近的死神。在一番挣扎之后，"孔雀石"还是追上了它，在尾翼上方五六米处爆炸，弹片撕开了引擎的外壳，引发了剧烈的殉爆，一架武装到牙齿的 F91 就这样拖着火焰消失在云层之下。

又是两千三百万元，总损失五千九百万元。

"侦测到致命武力袭击！渡鸦，根据监察军敌我识别条例第一款，我宣布你必须被摧毁。"

渡鸦的雷达屏上，原先标记着"友军"的绿点，眨眼间便转成了鲜红的"敌军"。最近的四架歼 21Z 突然原地拉起机头，用极标准漂亮的眼镜蛇动作减速后撤，试图直接从侧翼退到渡鸦的背后。

识破这一伎俩的渡鸦开火迎击，20 毫米航炮弹在空中划出耀眼的金光，将一架歼 21Z 的脊背拦腰打断。

七千二百万元。

大编队在"狮子座"的领导下跳起了优雅的舞步，像熟识多年的恋人般默契无间。不消半分钟工夫，四十架战机便掉过头来，组成钳形双纵队，气势汹汹地向渡鸦扑来。而在这短短的三十秒里，渡鸦又揍下了一架根本没有带弹的歼 21Z。

八千四百万元。

但这已经是极限了，渡鸦只剩下最后二百五十发炮弹，依照它的航炮射速，只要五秒钟就能射个精光。

两束红色的激光从不同方向逼来，锁住了仅有的闪避路线，随之而来的是几乎铺满整个雷达屏幕的导弹袭击警报——显然"狮子座"并不懂得精打细算，反而是饱和攻击这个土办法的忠实拥护者。

尽管早有准备，但渡鸦毕竟从没有经历过如此狂风暴雨般的袭击，它只是象征性地抵抗了几下，便被导弹交错的尾烟吞没。

三亿元——当金钱的数量达到这个规模的时候，在普通民众眼里，它就变成了单纯的数字，反而比三百万元、一千万元来得更容易接受些。

八 4:23 PM

北海，西罗先人工岛，卡奥斯监察军航空队驻地。

在接受持律者议会任命的时候，卡迪亚斯中将可没有想过自己有一天会在跑道上指挥部队——戴着草帽，顶着太阳，拿着喇叭，对着一群离开了电脑就手忙脚乱的笨手下呼来喝去。

但他又不得不这样做。

现在，"狮子座"手里握有四十多架世界上第一流的制空战斗机，足够让整个东北亚的航空线路完全中断，打下任何一架飞机都会演变成灾难性的国际事件，随之而来的就是数以亿计的赔款和数以百亿计的贸易损失。

但是此时此刻,精于算计的卡迪亚斯却根本就没有余力去思考这些烦琐的数字。

在他焦头烂额的思绪中,一串字符占据了他几乎全部的注意力——"M1173",那只是一架普通商务飞机的编号,却有着绝对不容侵犯的威慑力。

如果这架飞机被打下来,卡迪亚斯的政治生命就会彻底终结,甚至整个卡奥斯监察军航空队都会受到牵连,许多高级官员将会因此而丢掉饭碗,甚至是脑袋。

手里的牌本就不多,又传来了渡鸦被击落的消息,卡迪亚斯中将在气恼之余只能把希望寄托在剩下的几架 XAF40 身上了——只有它们搭载了完全独立的作战系统,可以无视"狮子座"的控制。

"让'公主'出库!"他转身挥手,下令道,"加注燃料后给它装上'轻枪骑兵'!"

眼见几个军官都大眼瞪小眼地愣在原地,他举起喇叭,对着他们的脸又重复了一遍刚才的命令。

"将军,"一个穿着打扮明显是科研人员的小伙子凑到了他跟前,"我们还不确定'公主'是否能投入实战,它还……"

"你以为我愿意放它出来?"卡迪亚斯斜了对方一眼,继续冲副官下令道,"给雪鸽补充燃料!让它重新起飞,带领佯攻组,掩护'公主'进攻!"

"我必须提醒你!将军!"小伙涨红了脸,突然提高了嗓门,"每一架 XAF40 都价值过亿元!这还不算它上面搭载的人工智能!"

卡迪亚斯只是犹豫了半秒钟："还有飞燕、红猪、蓝龙，我要你们调动每一架可以出动的 XAF40，把它们全部编入佯攻组，主攻的任务交给'公主'就足够了，其他的都不重要！"

"将军！"这个显然不识时务的研究员竟突然抓狂起来，想用手去抢卡迪亚斯的喇叭，"不能这样做！你没有权力调动隶属于……"

"卫兵！把这傻子给我拖走！"

卡迪亚斯气愤地理了理衣领——他懂什么啊？这个傻小子，他懂什么啊？没有生命的人工智能才值几个钱？如果"M1173"被击落，就什么都没有了。

"还愣着干吗！执行命令！"

老实说，他不知道是否还来得及——也许是真的来不及了，在作战系统完全无法使用的当下，无论地勤们怎么努力，要让 XAF40 出击都要花上十几分钟。而且就算它们已经全部升空，也没有把握战胜"狮子座"领导的无人机群，那所谓的"轻枪骑兵"不过是随便抓来的试验品，几次实弹测试结果都惨不忍睹，指望"公主"能在关键时刻超水平发挥？那还不如指望"狮子座"会突然死机靠谱。

艳阳高照，时间一分一秒地流逝，眼见地勤们还在七手八脚地瞎忙，卡迪亚斯觉得希望正离自己越来越远。他看着在跑道上列成一排的 XAF40，不禁发出一声苦笑——平时被当成累赘的破烂玩意儿，现在却成了自己命悬一线时的救命稻草。

下午四时二十九分，那个最终让卡迪亚斯解脱的电话在口袋里振动了起来，他颤巍巍地打开翻盖，看到一张娇俏稚嫩的脸：

"我是奥菲利亚,现在以议会之名下达指示,监察军航空队全体原地待命,立即执行。"

通话结束——只是冰冷的几句话,却让卡迪亚斯中将如释重负,仿佛一下子年轻了十岁。

诚然,通信系统不能使用,被议长打手机下命令确实是很让人纠结的场面,但这又有什么关系呢?对一个商人来说,结果比面子重要得多,而现在的结果就是他保住了乌纱帽,议会保住了"M1173"——皆大欢喜。

"我就知道,"他小声地自语着,从上衣的兜里掏出雪茄,叼在嘴上,"这帮老家伙还有底牌没打。"

他突然暗自庆幸起来——如果没有那架"M1173",持律者议会肯定不会插手,那现在他多半还在指望着那群不争气的 XAF40 们来拯救世界呢!

九 4:30 PM

卡奥斯城中央区,COW 大厦,地面行动指挥部。

从警五年的王虎,实在无法理解刚刚发生的一切——

"狮子座"完蛋了,莫名其妙地失去了所有信号。

这个曾经屹立在卡奥斯城最高点的科技之神,这个把触角伸至监察军每一个角落的巨大怪兽,这个被全体市民视为守护者的钢铁长城,竟然就这样完蛋了。

就像春日里凋零的樱花,就像盛夏中淅淅沥沥的阵雨,就像随风而去的秋叶,就像晚冬的最后一场大雪,突然犯病的"狮子座"猛跳出来之后,又毫无理由地匆匆消失了。

所有的读数都是零,所有的提问都石沉大海,所有的命令都无动于衷,如果不是雷达上还能搜到"狮子座"的轮廓,王虎觉得这颗卫星一定是被外星人给绑架了。

五秒钟后,技术组传来了报告,让整个指挥大厅内再一次鸦雀无声——

"一至四号中央处理器熔毁……所有数据储存单元丢失……"王虎张着嘴巴,愣了好一会儿才回过神来,"这是什么意思?嗯?"

加里只是冷冷地注视着他,不说话。

答案是显而易见的:不论是谁,用了什么办法,"狮子座"现在已经变成了一堆废铁——一大坨浮在太空中的垃圾。

"怎么可能呢?"王虎突然直起身子,高举双臂大声吆喝起来,"到底发生了什么啊?谁能给我一个解释?"

通常情况下,当王虎耍起公子哥脾气的时候,总会有一两个上级跑出来对他劈头盖脸地一顿臭骂,但是今天,在这种大家都很茫然的气氛之下,就连加里也不知道该说些什么好。

就在这时,大屏幕上显出了一个穿着灰色长袍的羸弱少女,她拖着及腰的红色长发,挂着一根象征持律者议会的银色手杖,在雪白的大理石墙面背景中站立着。

没有人了解她的来历,也没有人知道她的真名,甚至没有人能够说清,她究竟是一个人类,还是电子合成的影像——后者的可能性似乎还更大一些,但在场的每一个人都明白,这个讨厌的小丫头的出现意味着什么。

"我是奥菲利亚,现在以议会之名下达指示……"

信号不是特别稳定,图像仿佛闹鬼了似的一闪一闪,连少女那细细软软的嗓音都变得有些混浊:

"监察军的各位,你们当前的任务已经被卡奥斯圣骑士团全权接管,对之前的辛苦,我谨以议会之名表达感谢。"灰袍少女顿了顿,依旧是没有任何表情,"至于加里将军,这次我不怪你,但是下不为例。"

通信结束,大屏幕又恢复了一片漆黑,"狮子座"已经撒手人寰,即便没有图像,王虎也完全可以想象出此时街道上的糟糕场面——恐怕除了公交系统还在运营,其余所有的公共设施都因受到"狮子座"的牵连而难以正常工作,处理这种混乱怎么说也得需要一整天的工夫。

这真是个令人哭笑不得的结局——监察军忙得焦头烂额,到最后却等于什么也没有干,平民的伤亡诚然是降到了最低,却把整个"狮子座"给搭了进去。而最重要的问题在于,在整个事件推进的过程中,王虎竟然完全被蒙在鼓里——他有一种被什么牵着鼻子走的感觉,一种被人愚弄了的感觉。

"不对，我觉得有点蹊跷……"王虎摸了摸满是胡楂儿的下巴，刚准备发表些感慨或者是推理之类的话，却被加里按住了肩膀：

"跟我来办公室。"

与许多人想象中不同，加里中将的办公室非常小巧简朴——一张办公桌，一把老板椅，仅此而已，连给访客准备的座位都没有。不过这倒也很符合加里的性格，她是个典型的等级主义者，在自己的办公室里与下属平起平坐，这在她看来是难以接受的事情，更不用说面对外来的讨价还价者了。

"我知道你在想什么，王虎，"加里刚一落座，便开门见山，"你在想既然议会有办法搞定'狮子座'，为什么不在一开始就使用？"

"不，老板，"和往常一样，王虎一屁股坐到了办公桌上，"'狮子座'反正是他们花钱打上太空的东西，他们爱怎么搞就怎么搞，我才没兴趣去研究，但问题是既然这次任务已经交给了监察军，那他们要插手的话，总该事先通知一声吧？"

"没有那个必要。"加里拉开抽屉，从里面掏出一包烟，"你在监察军五年了，有见过圣骑士团提前通知他们的行动吗？"

"可是这次不一样，"王虎伸手从将军的手里抽出一根香烟，攥在手里，"这次他们甚至连最高权限密码都不需要，就把'狮子座'烧成了痴呆，既然手里握有必胜的王牌，议会为何不在一开始就告诉我们呢？"

"我要跟你讨论的，正是这个问题。"

加里缓缓地给自己点上烟，然后敲了敲桌面："这里禁止吸烟，把你的打火机收起来。"

"反正这次我是铁定要受处分了，说不准还得停职一段时间。"王虎笑着耸耸肩，一副玩世不恭的公子哥儿模样，"所以老板，趁着我现在还没有被吊销大楼的出入证，有什么话就赶快说吧。"

加里只是抽了一口，便将烟捻灭，随手丢进桌边的垃圾桶："去年提拔你的时候，我就想过要和你讨论这个话题，但一直没找到合适的机会开口——那时我在想，依你的脾气和背景，多半不会在这一行做长久，所以也在犹豫有没有向你摊牌的必要。"

王虎突然收起了笑容，他敏锐地感觉到这个话题有那么点分量：

"你说……摊牌？"

"关于监察军的真相。"

王虎连忙从桌子上跳了下来：

"洗耳恭听。"

"十四年前，议会的五个创始人把罗斯托尔难民营改建成了一个小镇，也就是卡奥斯城的雏形。它虽然不大，却在战后的世界里点亮了一盏明灯，在短短十年间便吸引了两千万人移民至此，议会承诺带给这些人安全、尊严和争取幸福的权利，他们得到了，反过来，这些人也对议会感恩戴德。"加里顿了顿，"但很遗憾，这个世界上根本就没有什么完美的政治，有支持者的地方，就肯定会有反对者。质疑、嫉妒、愤怒……这些负面情绪掺杂在一起，汇聚成了一个罪恶的旋涡，原先用以维持秩序的民间团体，已经无力看管一整座城市。"

"所以就有了监察军?"王虎插话道,"在九年前?"

加里盯着他看了几秒钟:"我有幸成为第一批监察军的成员,还记得给我们配发枪支和制服的那天,西罗先大人站在仓库的门口,身后是两个穿着金色动力装甲的卫兵……"

"等等,老板,你说金色动力装甲?圣骑士团的那种金色?"

"如果你再打断我的话,我就立刻吊销你的出入证,然后叫人把你从三十六楼扔下去。"

王虎抬起双臂,呈投降状:"抱歉,老板,我错了。"

"当时还没有圣骑士团这个称谓。实际上,早在建城之初,议会便已经拥有了自己的武装力量,但几乎从没有投入使用过——或者确切地说,是没有人看过他们被使用。"不知为何,加里露出一丝诡异的微笑,"在监察军出现之前,议会任由罪恶在大街小巷横行无忌,自己手握重兵却不动声色,只是看着焦头烂额的民间团体与黑帮周旋。"

王虎眯了眯眼,轻声附和道:"就像今天的事一样。"

"没错,就形式而言,和今天发生的事件一模一样。"加里点点头,"圣骑士团只在有东西威胁到持律者议会的时候才会出手,至于普通民众想象中卡奥斯城最后的坚盾,根本是子虚乌有。保护老百姓,是监察军的责任,与议会毫无干系。"

王虎心里"咯噔"了一下:"老……老板,你知道你在说什么吗?"他本能地回头看了一下办公室紧闭的正门,"你刚才描述了一个大逆不道的猜测。"

"哈，我还以为这世上没东西能吓到你呢。"

看着上司无所谓的模样，王虎不禁有些吃惊——在标榜着自由与平等的卡奥斯城里，有几样东西却是无论如何也不能碰触的禁忌，而质疑议会对卡奥斯城的绝对意义便是其中之一。

"如果议会把保护这个城市的责任完全交给监察军，那么……"王虎眉头紧蹙，"那么为什么还要特地成立圣骑士团这个神秘组织呢？"

"很简单，"加里双手一摊，"他们需要有人来帮忙看场子。"

"我……我真的不明白您的意思，长官。"

"还记得我以前对你说过的比喻吗？在处理红区的黑帮火并时的那个。"

"呃——"王虎仰起头，嘴角微张，形同痴呆似的回忆了一阵，"是斗鸡的那个比喻吗？"

"'雪乌鸦'和'星龙会'是红区最大的两个黑帮，呼风唤雨，掌握着上万人的命运，他们之间的火并，必然会带来一场血雨腥风。但在监察军看来，他们只不过是围栏里的两只鸡，用可笑的爪牙互相撕啄，斗得一地鸡毛、两败俱伤，浑然不知围栏外的人类正看得津津有味。"

"我讨厌鸡，麦当劳啊肯德基啊的都不喜欢，"王虎摇摇头，"而且老板，这和今天的事件又有什么联系？说这个干吗？"

加里慢慢起身，用一种诡异的目光盯住王虎的双眼，过了足足半分钟才缓缓开口：

"好好想想，王虎，在这座城市里，到底谁才是鸡？谁才是看鸡的人？"

十　4:33 PM

卡奥斯城林荫区，夏奈街 358 号。

这是一间废弃的仓库，它之前是用来做什么的，又因为什么而荒废，这些已经是无足轻重的问题，在以效率与和谐著称的林荫区里，出现一间废弃的建筑物本身，就是个罕见事儿。

带队的正是吉米。

他虽然身材高大，看上去一副孔武有力的模样，却是个地地道道的胆小鬼——从加入监察军的第一天开始，吉米就下定决心要做个狙击手，躲在角落里打打黑枪，发现情况不妙还可以有充足的时间掉头走人。

三年过去了，他成了监察军中最好的狙击手，也就必须担负起培养新人、指挥队伍的重责，甚至有的时候，还会以首席射手的身份直接参与行动计划的制订——这当然不是他的本意，在吉米看来，安心打好黑枪才是自己的第一要务。

但是今天，吉米不得不身先士卒了——根据电子战部门提供的情报，那台唯一幸存的 GIRLS 就藏在这间废弃的仓库中，监察军总部下达的命令是把它揪出来，必要时进行摧毁。虽然现在这样做没什么意义，毕竟连"狮子座"都报销了，这些 GIRLS 应该已经变成了真正的无头苍蝇，但命令是在五分钟前下达的，在没有撤消这道命令之前，吉米身为一个军人就必须去执行。

顺带一提，林荫区的地方协卫武装被称为"骸骨兵蜂"，从基层到高管都由亡灵巫师们把持——全部是些在旁人看来异常扭曲的科学疯子。在一般情况下，吉米根本不会去想与他们合作的可能性，今天也不例外。

仓库里没有电，黑洞洞的还挺吓人。由于对手是装备了生命探测器的机器人，也就没有必要做什么隐蔽，吉米打着明晃晃的战术手电破门而入，带着一大队人马在仓库里横冲直撞。

"三楼安全，没有发现目标物。"

"二楼安全，没有发现目标物——话说这里霉味还真重啊……"

"地下一层发现一道可疑的铁门，上面的锁很新。"

"原地警戒！等我过来！"吉米对着通话器大吼道，"GIRLS 是战斗机器人！用一根手指头就能把你的心脏挖出来！"

说是地下一层，不过是几个类似于杂物间的小房间，在其中的一间门上，赫然挂着一把银闪闪的金属大锁，与周围破败的环境格格不入，难怪监察军队员一进来就发现了问题。

吉米端起脉冲步枪，在门前站定："里面有什么？"

"金属反应和热源信号都与描述匹配，"身旁的侦察兵顿了顿，"应该是那小贱人。错不了啦！"

吉米毫不迟疑地扣动扳机，将锁打了个稀碎，补上一脚之后，铁门完全敞开。

在战术手电的光晕之下，一对猩红的大眼睛忽闪忽闪——穿着水兵服的可爱人偶端坐在房间中央，一副大家闺秀的模样，当它抬起头的时候，便用它那没有表情的脸庞面对着来访的不速之客们，不慌不乱，不卑不亢。

反倒是吉米乱了手脚，迷惑得如在云里雾里："这是？"

十一　4:35 PM

卡奥斯城中央区，COW 大厦，地面行动指挥部。

"你说什么？它坐在椅子上？"王虎完全不敢相信吉米的报告，"一动不动？"

"一动不动……"对方面露难色，"事实上，它的运动中枢管理器烧掉了，颈部以下已经完全失能。"

屏幕上的吉米，就站在那部精英版的 GIRLS 身旁，一个技术士官撬开了机器人的胸口，从里面接出几根数据线连在自己肩部的随身电脑上，似乎正在做着什么检测。

"查一下日志！"王虎大声命令道，"我要看今天的全部记录！"

"储存芯片已经找到，但里面的内容使用了 TX 加密法，只有镭曼公司才能破解。"

王虎把牙齿咬得咯咯直响："破解密码需要多长时间？"

"呃——"技术士官摸了摸头盔，"肯定没有直接找镭曼公司来得快。"

于是，王虎不得不再一次让宋文婷博士的投影出现在指挥大厅中央，这个傲慢冷漠的女人撩了撩额发，一副早知道他们会来求自己的模样：

"这些数据使用了最新的 TXQQ 物理加密技术，"她的语气有些阴阳怪气，"我希望你们没有试图对它进行破解，否则以你们的技术手段，十有八九会把整个芯片都毁掉。"

王虎朝左右两边歪了歪脑袋："多亏了您的提醒，大博士，我们正打算这么做呢。"

"数据呢，我会交给公司的客户服务部进行解析，"宋文婷顿了顿，"具体内容在我们审核过后，最迟明天早上你们就能看到。"

"喂，你不是在开玩笑吧？"王虎咬牙切齿地捶了一下桌面，"我在监察军五年了，还第一次听说有人在协助监察军办案时要做什么审核？你到底是不是卡奥斯人啊？"

"抱歉，我在韩国长大，现在在中国上班，和你们的城市一点关系都没有。但如果你对我的爱国热情有疑问，可以直接打电话到镭曼公司的人事部。"博士一脸淡定的样子，"另外，我必须告诉你，长官，镭曼公司与监察军合作的时候，从来都是这个样子，至少我在公司的这五年里一直如此。"

王虎怒不可遏地关闭了通信器，把这女人的投影从视线中彻底抹掉。显然，这条最重要的线索也断了，镭曼公司肯定会在发回来的数据上做什么手脚，以掩盖自己产品的真正问题。难以言喻的挫败感包围着王虎，把他压倒在座椅上，一小时前的踌躇满志，现在只剩下一声叹息。

"死也要死个明白"——这是王虎那个当了一辈子警察的外公常挂在嘴边的话，也正是他给了王虎四分之一的华裔血统和对抓坏人的强烈兴趣。

但是今天，他恐怕要让老人家的在天之灵失望了——监察军创立以来最大的失败，正出于自己之手，而且还输了个莫名其妙，别说是死也要死个明白，连整个事件到底是怎么回事到现在还理不清头绪呢。

"有什么不对劲……"身为警员的直觉告诉他，今天下午发生的一切都暗藏玄机，虽然说不清具体的道理，但王虎坚信，越是诡异的事件，就越是有一个简单的答案。他开始在脑海里一遍遍地梳理之前的案情，想要找到每一点对破解谜团有帮助的蛛丝马迹，从开头到结尾——GIRLS在广场列队，"狮子座"突然切断连接，机器人失控并开始满街游荡；然后是制订了周密的行动计划，万无一失地执行了计划；再后来就是离奇的大溃败。

每一步都显得顺理成章，每一步又都缺乏合理的逻辑性，因果关系被黑幕中的某样东西撕裂开来，让整个事件顺着一条完全出乎预料的路线推移——这便也是最可疑之处。

"因果关系!"伴着一声莫名其妙的大声自语,王虎腾地站了起来,仿佛忽然之间悟到了真相。

"怎么了?长官?"

"我要再看一遍 GIRLS 袭击海德格尔美术馆的录像!"王虎顿了顿,"马上!"

这段由美术馆大厅监控摄像机拍下的录像相当模糊,而且还没有声音,从法律的角度来说,能不能用作呈堂证供都是个问题。

但这并不是王虎现在所关注的地方,他命令副官将画面定格,把目光聚焦在走廊尽头那个金发的身影上——没错,无论从外貌还是衣着来看,这都是一台不折不扣的普通版 GIRLS。影像继续,它慢慢走到大厅中央,面无表情地掏出自动手枪,对着保安就是一发点射。

"等等,倒回去,"王虎拍拍副官的背,又指了指屏幕,"对,就是这里,把这个部分放大,再放大一点儿。"

图像最终锁定在 GIRLS 刚刚走进大厅的特写上,它苍白的脸上没有表情,动作也和一般的机器人差不多生硬,但说不上为什么,王虎在与它那对血红的瞳孔对视时,心中升起一种莫名的异样。

突然,在不经意的一瞥之下,他找到了打开真相之门的钥匙:

"放大那个花瓶。"

"花瓶?"

"对,就是机器人腿边的那个瓷瓶。"

为了确定自己没有看错,王虎亲自滑动光标,从瓷瓶的瓶口开始，向 GIRLS 的身体画出一道直线，一直到胯骨的位置才停下手。

他先是愣了一下，继而直起身来，长长出了一口气，因焦急压抑而紧蹙的眉头也豁然舒展，变得近乎玩世不恭的坦然。

"我要监控录像，"他扭过头，对身旁的副官轻声道，"从下午三点开始的，全部的监控录像。"

副官"嗯"了一声，"那我马上和美术馆方面联系。"随即伸手抓起控制台上的电话。

"啪！"

王虎用力把话筒给摁了回去：

"我要的是这里的监控录像。"

"这里的？"副官瞪大了双眼，"COW 大厦？"

"对，另外，准备好发布通缉令，"王虎习惯性地轻轻一叹，"也该是我们抓坏人的时候了。"

十二　5:07 PM

卡奥斯城中央区，COW 大厦，加里的办公室内。

当王虎把手上的小黑盒拍在加里桌上时，她刚刚结束一段重要的通话，和往常一样，奥菲利亚说了一些不疼不痒的话，留下一些不冷不热的指示，然后要求在三天之内得到整个事件的详细汇报。

"又忘了敲门，我的高阶督察，看来你这次是有了一些特别的发现，嗯？"加里调侃着，用手拨了一下桌上的黑盒子，"这是什么？送给女朋友的礼物？还是新买的助力车电池？"

"这是今天下午四点一刻空调修理员留下的东西，"王虎还是老样子，相当放肆地坐在加里的办公桌上，"就在我们的内部循环系统里。"

加里眼角微微一抽："它是用来做什么的？"

"解答这个问题最好的办法是问它的生产厂商——"

王虎打了个响指，等待多时的宋文婷出现在房间侧壁的屏幕上："下午好，将军，我是宋……"

"你不用做自我介绍，博士，"加里竖起手掌，"请直接说重点。"

"不，老板，现在还轮不到她。"王虎跳下桌子，"博士只是为我们提供技术支持，这个案子最好还是从我这边说起。"

加里有些吃惊地抹着唇角，用狐疑的目光扫了一眼王虎："你刚才说这个案子？"

"没错——案子，"王虎有意加重了语气，"一次精心预谋并付诸实施的高智商犯罪。最不幸的是，还成功了。"

这回不只是加里，连屏幕中的宋文婷都惊讶地瞪大了眼睛："你在说什么啊长官？两个小时前我们不是已经给事件定过性了吗？是侵入性电子生态灾难，你们的'狮子座'……"

"获得了高度智慧对吗？"王虎摇摇头，"我猜那正是罪犯希望我们这么认为的，结果我们还都当真这么认为了。"

博士显然是有些不高兴了,她扶了一下鼻梁上的眼镜:"你什么意思?"

"我一直相信,若电脑也有良知,它一定比人类做得更好,"王虎笑道,"至少它不会被俗世的欲望影响——钱,女人,地位,名望……"他耸耸肩,"这些东西对一台电脑又有什么用呢?"

"这不用你来告诉我,"博士阴着脸道,"我的博士毕业论文就是人工智能伦理学。"

"所以,即便是'狮子座'当真获得了类似于我们的高度智慧,它也没有任何理由主动攻击人类,至少我认为它不会。"王虎话锋一转,"让我们先回到案情上来。在整个事件中,我们的每一步行动都看似合情合理,但每一步行动的结果却都出人意料,我敢说,这一切都在罪犯的算计之中,他不停地诱导我们采取对他有利的行动,把细碎的步骤拼凑成一个完美的计划,我们所有人——我,博士你,监察军,还有持律者议会,都参与了这次犯罪,是我们联合在一起,把无辜的'狮子座'变成了废铁。"

"等一下,王虎,"加里突然插话道,"你说罪犯在诱导我们采取行动?"

"首先,他需要让我们误以为'狮子座'已经发了狂,这是怎么做到的我并不清楚,但对一台电脑来说,有太多的方法让它不正常了。也许罪犯在 GIRLS 软件的安装程序中做了什么手脚,比如植入了一个木马——哦,仅仅是猜测,博士,并无冒犯之意。"

宋文婷略作思索:"'狮子座'的防火墙是由镭曼公司制作的,

我绝对有信心,只不过安装 GIRLS 的时候必须要把它关闭,那时候病毒侵入的可能性很大——就这一点,我认为你说得有道理。"

"'狮子座'出现问题的时候,主动切断了与外界的所有通信,不再接受任何命令,"王虎继续道,"因此我相信罪犯并没有能够控制'狮子座',甚至他根本就没有那个打算。"

"那是当然的!"博士提高了嗓门,"至少需要五六十亿美元的设备,才能够对'狮子座'发号施令,它还不一定能听进去。"

"所以罪犯控制的不是'狮子座',而是……"王虎拍了拍胸口,"我们。"

加里点点头:"我在听。"

"第二步,罪犯绑架了一台精英版的 GIRLS,摧毁了它的运动管理芯片,把它锁在林荫区一个废弃的仓库里。进入广场的 GIRLS 一共有四百部,当它们失去控制、四散开来的时候,我们失去了其中四部的踪影,我猜罪犯就是在那个时候下了手。那时候我们以为我们找到了全部的二十台精英版,但现在看来是大错特错了,有一台被人调了包,也许是染了头发——这其实一点都不难。"

"我不明白,"博士摇摇头,"为什么要绑架一部精英版的 GIRLS 放在仓库里呢?"

"为了触发 S101 指令,"加里中将似乎悟到了什么,"为了让'狮子座'走上一条不归路,让我们以为它彻底发了疯。"

"没错,就是这样,"王虎打了个响指,"而且恰恰是我们对 GIRLS 的攻击让它走上了这条路,是我们让它彻底发了疯。"

"可那个时候我们别无选择，"加里争辩道，"还记得吗？一台 GIRLS 已经伤了人！我们总不能看着市民受伤而无动于衷吧？"

"对，这是第三步，也就是揭开谜底的关键——"王虎用力点了一下桌面，"刚才博士说过，罪犯不可能直接控制'狮子座'，也就不可能直接控制 GIRLS，这个机器人却表现得异常配合，在关键时刻发动了袭击，使我们在还没确定全部 GIRLS 位置的时候贸然出手，最终触发了 S101 指令。"

"你怀疑这个机器人有问题？"

"我刚刚检查过美术馆那边的监控录像，那台 GIRLS 的胯部刚好和门口的瓷瓶一样高，"王虎在腰间比画了一下，"还记得那瓷瓶吗？北京送来的礼物，还是我们负责押运的呢。"

"记得，"加里点点头，"那又怎么了？"

"那瓶子高 83 厘米，而 GIRLS 的腿长只有 76 厘米，也就是说，画面中出现的那个东西，根本就不是 GIRLS——从一个流水线上下来的机器人，身高怎么可能不一样呢？"

王虎的话音刚落，屋内就安静了下来，两个女人都露出了迷惑不解的表情。

"那么密码呢？密码怎么解释？"加里突然像是想起了什么似的抬起头来，"我们输入了最高权限密码，却没有任何效果——这也是罪犯的算计？"

"很不幸，是的。"王虎拿起桌上的小黑盒，对通信屏上的摄像头晃了晃，"宋博士，这个东西印着镭曼公司的标签，能告诉我是什么吗？"

宋文婷犹豫了好几秒才开口："是黑木偶，一种信息战武器，并不算什么最高机密，但也绝不可能在大街上的超市随便买到。它可以对被侵入的系统进行监控和干扰，而且非常隐蔽，潜伏一年，甚至几年都有可能。"

"难道连我们监察军的防御技术都没法抵挡它吗？"

"很遗憾，将军，至少就我所知，用任何已知的反信息战手段都无法将它检测出来，但这东西本身不具备破防能力，必须装在敌人的内部线路中才能发挥作用，因此说实话，基本上没有什么军事价值，反倒比较适合商业间谍。"

"商业间谍，嗯，"加里用力点了一下头，"比如说一个空调维修工？"

"我刚刚才打电话给空调的客服部，你猜怎么着？"王虎摊开手，"他们今天下午根本就没有向我们派出过修理工，甚至连报修电话都没接到。"

"也就是说连电话线路也被入侵了。那个修理工呢？查出他的身份了吗？"

"档案管理处核对了脸部特征，没有找到匹配的市民，如果这小子不是黑户，就一定是用了什么方法伪装了相貌。"王虎顿了顿，"不过身高和体重已经被我们记录，正在依照这个标准比对中央区所有的监控设备。"

"COW总部被别人入侵这可还是第一次，需要下令更改大楼的安全设置吗？"

"不不不，暂时没有这个必要，"王虎晃了晃手里的黑盒子，"这个黑木偶没有传输信息的组件，它只是被安插进来捣乱的——如果我没猜错，最高权限密码就是被它给拦截下来了。"

加里双手交叠，用肘撑着桌面，闭目思考了几秒："那么动机呢？罪犯的动机是什么？"

"这，是一个很大的问题，"王虎面色凝重地道，"一开始，我认为罪犯的动机就是'狮子座'，他想借我们的手把这台超级电脑除掉——也许是为了消除犯罪记录，也许是为了在接下来的几天搞一票大的，但我后来又想到，既然他有本事把木马给塞进'狮子座'，为什么不直接打一个猛点儿的病毒进去？而且一旦我们输入了最高权限密码，'狮子座'就等于是完蛋了，需要至少一个月的时间才能修复，这段时间已经足够他把卡奥斯城任何一家银行洗劫一空。"

"那么你的结论是？"

"没有答案，"王虎笑着摊开双臂，"恐怕只有逮到他本人，才能问个清楚了。"

"很好，那么马上立案！王虎，这个案子交给你没问题吧？"

"义不容辞！但我需要宋文婷博士的全程协助，"他转头面向屏幕，"这次的案子科技含量比较高，有很多专业性的东西我无法理解，必须要有个水平和罪犯相当的人来帮忙。"

博士被这么一说，突然还有点不好意思："我……我怕我帮不上什么忙，如果你的推理没错，那这个罪犯的能力远在我之上了。"

"如果我的推理没错,这个罪犯肯定不是一个人,而是一个有组织的大团体,"王虎转身走到屏幕前,"他们破坏了 COW 大厦的空调,干扰了最高权限密码的录入,绑架了一部战斗机器人,而在这一切之前,他们在号称世界上最安全的镭曼公司产品里植入了一个木马……"

"一个黑客组织,"加里点了点头,"类似天使联盟或者骇客帝国那样的。"

"黑客组织可不会派特工潜入 COW 大厦,"王虎摇摇头,"也不可能在我们眼皮子底下绑走机器人,而且最重要的是,他们没有任何犯罪的理由。"

"也许是某国的情报部门?"宋文婷插话道,"比如中国人的?他们对'狮子座'的技术一直很有兴趣。"

"那他们可以直接花钱买,"王虎笑道,"卡奥斯城会出售一切可以当作商品的东西,只要对方出的价钱合适。"

"也许是反卡奥斯城的企业联盟,比如考克斯商会,"这次加里显得很有自信,"他们既有技术又有资金,还不缺优秀的商业间谍。嗯,一定错不了,你就顺着这个思路去调查吧。"

"义不容辞,"王虎微微欠身,"但是我有一个小小的要求——请不要把我刚才说的话写进报告,也不要声张任何关于调查的细节,最好能全盘保密,只有我的侦破小组参与就好。"

"我懂,"加里指了指桌子,"你觉得我们这里有内鬼?"

王虎耸起肩膀,做了一个很是无奈的表情:"我们的每一步行动都被对症下药了，很难说是不是有人给对方通风报信。"

"如果对手是考克斯商会，那这一点也不难理解，"加里哼了一声，"他们完全可以开出一个连你我都会心动的价钱，唔，至少是我会心动的价钱。"

"抱歉，长官们，我有一个疑问，"宋文婷突然打断了两人的对话，"如果你们COW里当真有内鬼，他们为什么还要大费周章地派一个间谍来安装木偶呢？"

"好问题，但回答起来也很简单，"王虎笑道，"损失一个假冒的空调修理工不算什么，但暴露一个内鬼就是大问题了，他们可能需要好几百万元和好几个月的时间才能找到下一个有价值的叛徒。"

"很好，就照这个推论去侦破吧，越快越好，我们现在必须趁……"加里正要下达命令，办公桌上的电话突然响了起来。

这可不是什么人都能打通的电话——加里与王虎对视了一眼，有些不太高兴地举起了听筒："我是加里，我正在开会，请过五分钟……"她沉默了几秒，把听筒向前一送，"找你的，王虎，你的副官，据说非常紧急。"

王虎没有伸手去接，反而直接按下了电话上的免提键："我是王虎，什么情况？"

话还没说完，一个陌生的女高音忽然响彻整个房间。

"啊！总算是和你通上话了！我的天哪！"这人不仅发音很别扭，口齿也不太清楚，听上去还在激烈地喘着气，"你们卡奥斯城的官僚体系还真是效率低下……"

不知为何，王虎心生一股无名之火："你到底哪位啊？认识我吗？"

"我？我是总公司派来与你合作的人！你难道不看资料的吗！"

"总公司？"王虎一头雾水，"合作？资料？"

"我是宋文婷博士！"

这仿佛晴天霹雳般的厉声叫喊，像是一把沉重的铁锤，在王虎和加里心头狠狠砸了一下，他们两个瞪大了眼睛，看了看对方，又看了看墙上屏幕里那个面无表情的"宋文婷"。

发现半天无人回应，电话机那头的博士继续扯着嗓子吼道："今天真是见了鬼！中午刚准备出门，实验室的系统就被黑客给破坏了，电话根本就打不通！我和我的研究小组被锁在屋子里，叫天不应叫地不灵，刚刚才被救出来。话说你们那边的情况怎么样了？这是我同事的手机，我现在……"

"啪！"

王虎按下免提键，直接中断了通话——已经没有什么好说的了，况且，这个聒噪的宋文婷博士的英语发音实在不怎么悦耳。

"哦！你看，真是该死的免提呢，连最后一点悬念都不肯留给我。"屏幕里的女人冷冷地笑着，语气仿佛完全变了个人似的，满是戏谑与调侃，"根据我的计算，你们需要一分三十五秒来锁定我的具体位置，因此我一定会长话短说。首先，你们难道就没有什么要问的吗？"

王虎和加里交换了一下眼色，转过身来："你到底是什么人？"

"好问题，"对方"啧"了一声，"至少，我不是鸡。"

"什么意思？"

"你明白我是什么意思。"女人突然阴下脸，"王虎，我很早以前就听过你的事迹，今天一见，果然名不虚传——你聪明、敏锐，具备绝佳的洞察力和逻辑推理能力。总有一天，事情会发展成这样：你会发现这个城市背后的真相，然后以你的智慧，来决定谁对谁错，来决定谁是在替天行道，谁是在助纣为虐，而你的决定，将会拥有改变历史的力量。"

"呵，"王虎一声哼笑，"你这是在贿赂我？"

"你就把它当作是一个陌生女人的预言吧。至于你呢，加里……"对方顿了顿，"我的将军，我知道，在卸任之前，你不可能把所有内幕都与自己的部下分享，但我也相信，你心里一定清楚，那一天一定会到来，在那个时刻，你会选择站在哪一边？是追随自由与真理的反抗者，还是施加暴虐与邪恶的主人？"

加里不动声色，只是平静地看着，听着，但王虎能从加里的眼神中感觉出来，他的这位上司——他的这位一直以冷静和坚毅著称的上司，内心深处有了一丝浅浅的不安。

"时间——"屏幕里的女人低头看了一下腕表，"还剩下二十秒，那么就让我送上一个临别赠言吧，"她抬起头，闭着眼，带着灿烂的微笑，"在这个世界上，追寻真相的勇气，远比真相本身更为重要。"

通信中断，屏幕变得一片漆黑，几秒之后，一行白色小字跳了出来："丢失信号。"

瞠目结舌的两人面面相觑,过了好半天才缓过劲儿来,虽然都有些不太情愿,但他们还是都接受了刚才发生的一切——一个冒牌的宋文婷博士戏耍了整个监察军,从开始到最后。

"不对劲……"王虎喃喃自语道,"有点儿不对劲啊!"

"你在嘀咕什么?"

"好好想一想,老板,"王虎转过身,"如果这个女人——这个所谓的宋文婷博士就是罪犯,她为什么要把整个事件伪装成意外呢?"

"我知道你的思维一向很跳跃,"加里轻轻摇了一下头,"但这一次我真的完全不明白你的意思。"

"罪犯黑掉了宋文婷博士所在的实验室,把她困在其中,然后制造一个冒牌货来忽悠我们出错。这种事情,多则半天,少的话也就是两个小时就会暴露,只要真的博士一现身,我们马上就会知道这是一起人为的、有预谋的恐怖活动,和什么'狮子座'的觉醒毫无关系。"王虎顿了顿,"但罪犯又不惜血本,冒着极大的风险和代价设计了一个假象,一个注定会被识破的假象,这又是为什么呢?"

"我不知道,"加里扬眉,"你的判断呢?"

"从最初的行动计划制订,到最后的破案推理,刚才那个冒牌货都有参与,你看到她镇定自若的表情了吗?我现在怀疑,她在中间的某个环节彻底欺骗了我们,隐藏了真正的动机和凶手。"王虎神色凝重地道,"也就是说,即使我们按照敌对企业联盟、黑客组织这条线索调查下去,也肯定是一无所获,因为这正是在罪犯一步步的误导之下做出的推理。"

加里稍稍思索了几秒，闭上双眼，有些泄气似的靠在椅背上，良久，才说出一句和案子没有半点关系的话："我记得你前两天说过，女朋友今天到卡奥斯城？"

"对，确切地说是下午四点三十分的航班，"王虎情不自禁地低头看了一下腕表，"如果不是因为今天这档子破事，我多半现在已经在酒店的房间里摆好红酒等着她了。"

"还是她吗？那个偶像歌手？叫什么来着？"

王虎摇摇头："你竟然还记得她的职业……"

"春宵苦短，我给你个机会吧，"加里露出难得一见的笑容，"你看让你痛痛快快地休一个月的假怎么样？好好陪陪你的小明星。"

王虎张着嘴巴，好半天才说出话来："不是吧，你当真要停我的职？这次该不会……该不会是还要降我的级吧？"

"行了，今天就到这儿吧，辛苦你了，试用探员王虎，这案子你不用再插手了，"加里指着办公室的木门，"请从外面把门关好，谢谢。"

王虎明白，这世上总得有倒霉蛋来背黑锅——往往还是那个干活儿最卖力的。

十三　5:14 PM

卡奥斯城中央区，第五大道 258 号，第五大道咖啡馆地下室。

看上去有些沧桑的中年男人挠了挠蓬乱的鬓发，终于将手里的黑子落在棋盘之上，然后慢悠悠地端起桌边的咖啡杯，轻轻呷了一口。

在这昏暗狭小的房间里，堆放着许多看起来像是电子仪器的设备，线路错综复杂，无数闪闪烁烁的小灯点缀其间，让人有种走进比特区二手电脑市场的感觉。

中年男人独自一人坐在围棋前，与他对弈的，是两个摄像头和一只机械臂——

或者确切地说，是这整间屋子。

眼见机械臂半天没有动静，男人轻轻敲了敲桌面："该你走了。"

"是的，当然，拉法尼尔先生，"一个别扭的女声从摄像头上的扬声器中传出，"抱歉，刚才我在销毁侵入时留下的证据——这消耗了我的大部分运算机能，监察军的信息防御系统还有点战斗力……"

话音未落，机械臂从坛子里抓住一颗白子，慢慢地摆放在棋盘上。

"我希望你记得我说的话，白鸟，"男人再次走棋，"如果这个咖啡馆有什么闪失，我就把你拆散了卖到黑市去。"

"放心吧，电子战是我的专业技能，在我开 XAF40 的时候，就侵入过监察军航空队的系统好几次。倒是你,拉法尼尔,一个人闯进 COW 总部冒充空调修理员——你不觉得这个计划的安全系数太低了吗?"

"我也有我的专业技能,"男人微微一笑,"想当年我……"

"好了好了,拉法尼尔先生,别再用那些老掉牙的故事干扰我的思维回路了,"机械臂抓着一颗棋子,摇了半天才缓缓落下,"唔,这盘看来有点悬。"

就在两人专注于对弈的时候,一个窈窕的身影推开暗门,走进了地下室。

这是个束着金色马尾辫的迷人少女,十五六岁的样子,皮肤白皙,身材匀称,穿着短裙,拎着挎包,外貌气质都堪称绝佳,如果说她是哪个演艺公司的嫩模,肯定不会有人怀疑。

女孩把皮包随意一丢,蹬掉高跟鞋,连声招呼也没打,就径直走到两人身旁的电冰箱处,取出一盒甜牛奶,咕咚咕咚地喝了起来。

拉法尼尔依旧是目不转睛地盯着棋盘,反倒是他的对手分出了一个摄像头,对着少女的身体上下打量了一番。

"欢迎回家,帕拉斯,"电脑发出的声音不带任何情感,但内容还是颇有人情味,"请不要吃太多的甜品,那样对你的身材和身手都不好。"

"哈,谢谢提醒,"女孩把喝空的纸盒丢进垃圾篓,解开别在脑后的发束,"喂,拉法!这么好的天气,你竟然宅在家里下棋,难道不知道外面发生了什么吗？"

"让我猜猜，"拉法尼尔头也不回地道，"圣骑士团倾巢而出，在街道上维持秩序，是这样吧？"

"这还不算大新闻？"女孩笑道，"你什么时候看见过四百个圣骑士一起上街的？"

拉法尼尔刚准备把手里的黑子放下，听见女孩的话又收了回来："见过两次了……"他顿了顿，"每当使徒被杀，或者有可能被杀的时候，圣骑士团总会出来大动干戈，他们不需要炫耀武力，但至少要给那些胆大妄为的暗杀者一点警示。"

"比如说我们？"女孩笑得更灿烂了，"胆大妄为的暗杀者？"

"这一点也不好笑，帕拉斯——"拉法尼尔叹了口气，"搜捕会持续三个月甚至更久，这段时间你必须老老实实给我待在店里，哪儿也不许去。对了，话说你把 GIRLS 的衣服怎么处理了？"

"烧掉了，"女孩耸耸肩，"可惜啊，我还觉得那款式蛮适合我呢。"

"普通的水兵服而已。等风声过去，我给你买一件好了，"拉法尼尔继续埋头走棋，"今天辛苦你了，帕拉斯，回卧室好好休息吧。"

"不要，"女孩摇了摇手指，"今天晚上有我喜欢的脱口秀。"

"不会有了，今天所有的电视节目肯定都取消了，小姑娘，老老实实回去睡觉吧。"

"他说得没错，"一旁的摄像头轻轻抖了两下，"我刚刚查看了今天晚上的电视节目预报，都已经换成了重大新闻的报道。"

女孩愣了几秒钟，然后拉开冰箱的门，把里面的最后一盒甜牛奶拿了出来，像来时一样，一语不发地走出了地下室。

"哦，我以为她从不生气呢。"

"你以为她生气了？"拉法尼尔一声哼笑，"你太不了解帕拉斯了。"

"我一直不明白，拉法尼尔先生，为什么一个十六岁的女孩子会跟在你身边，做一些……嗯，和年龄不太相符的事情？"

"因为……"拉法尼尔颇意味深长地道，"每个人都有属于他自己的命运，你可以质疑他的选择，却不能替他选择。"

"哦，您又开始说缺乏逻辑性的话了，拉法尼尔先生。还有，我觉得您刚才在说这些话的时候，偷偷作弊了。"

"得了吧，白鸟，同样的招数第二次就不灵了，要认输就赶紧。"

"哦！我收到一个坏消息！"

"请不要岔开话题。"

"刚刚获取的飞行记录，来自卡奥斯国际机场。"机械臂从一旁的打印机里抽出一张表格样的A4纸，摆在拉法尼尔手边，"你不想看一看吗？"

男人苦笑着摇了摇头："还能是什么呢？让我猜猜，M1173号顺利降落了对不对？"

"下午四时三十五分，比原定的要晚五分钟。"

"这恐怕是我们唯一一次能够刺杀布伦希尔德的机会了，"拉法尼尔难掩脸上的失落,"她是最强的红衣骑士,要在地面上把她杀死比登天还难。计划的每一步都是那样完美,最后的结果却是彻底失败,这就是命,白鸟,有时你不服不行啊。"

机器沉默了几秒钟:

"我一直在想,拉法尼尔先生,您这样做的意义何在?您花了十几年的时间,寻找每一个可以刺杀使徒的机会,这是为什么?您应该明白,依照持律者议会的能力,损失一两个成员根本无关紧要。"

"这是一种态度,"拉法尼尔把端起来的咖啡杯又放了下去,"必须有人出来反抗,必须有人出来告诉那些灰袍子,在这个他们建立的城市里,仍有追求自由的声音存在。"

"可是拉法尼尔先生,根据我的数据库,在卡奥斯城,并没有人觉得自己被压迫,相反,百分之七十三的居民认为,这里是世界上最自由的地方。而您所做的一切,我判断包括今天所做的一切,都会被所有人认定成恐怖活动。"

"这就是知道真相的人的悲哀,"拉法尼尔耸耸肩,"我阻止不了议会,但也不能干坐着,看他们为非作歹。"

"仅仅是因为不愿意看着,就选择与整个城市对抗……"这由人工智能发出的女声明显停顿了一拍,"就我的运算能力而言,实在无法理解这种行为模式。"

"说到底,人类是感性的动物,你单纯依靠运算,自然会发现在我们身上有很多无法理解的东西,但如果你能像我们一样去思考,就会发现其中的奥妙。爱慕、憎恨、嫉妒、慈悲……这些乱七八糟的情感糅合在一起，创造了这世上的每一个奇迹。"

"还是免了吧，我不能认同缺乏逻辑性的思维形态，而且对人类这种依然被禁锢在肉体与欲望中的不完整智慧生物也没有特别感兴趣，你们制造的灾难，远比所谓的奇迹要多得多。"

拉法尼尔摸了摸下巴："既然如此，白鸟，我很好奇，一台机器是出于怎样的理由来帮助我这个恐怖分子从事恐怖活动的呢？"

"哦，关于这个问题，我今天终于找到答案了……"停顿了几秒之后，扬声器里突然响起了王虎的录音，"'我一直相信，若电脑也有良知，它一定比人类做得更好'。"

"嗯……"拉法尼尔耸耸肩，"看来这个年轻的公子哥儿对电脑还有些误解。"

"误解？"机器把所有的摄像头都调集过来，对准了拉法尼尔，"我觉得有误解的，恰恰是你们这些自以为是的大叔大婶，你们无法接受更理性、更具有逻辑性的智慧生命，以为电脑和人类的关系永远是服务与被服务，以为一旦电脑获得了决定权和控制权，便会发生末日灾难……但你们有没有想过，人工智能也会去思考善与恶？人工智能也能理解自由与压迫？人工智能也会去构想这个世界应该有怎样的未来？"

"所以你的答案就是，和恐怖分子同流合污，在一个全世界最繁华的城市里做害群之马？"

"经过仔细的逻辑推理和辩证预测，我认为这样做是正确的。"离拉法尼尔最近的摄像头上下点了点，"是的，拉法尼尔先生，我觉得我有义务和必要来帮助你们,来领导人类去争取自由。这也许会花去十几年,甚至几十年,对你,那可能是很长的一段时间,甚至是一生的时间,但我不同,我有能力去承担这个责任,也有足够长的寿命去看到那个结局。"

拉法尼尔将身体向后仰倒,轻轻地靠在椅背上。他露出了有些复杂的表情,似乎并不能认同白鸟的答案:"当我们制订好这整个计划的时候,你的身体在颤抖吗?"

"颤抖?你是指我的风扇?"

"当我告诉你,在这个计划中,可能会有平民罹难时,你的心在动摇吗?"

"我没有心这个器官,但如果你说的是中央处理器……"

"当我告诉你!"拉法尼尔突然提高了调门,显出凶神恶煞的表情,"为了击落布伦希尔德的座机 M1173,可能会让航班 4093 及在它上面的四百五十三人跟着陪葬的时候,你的灵魂有过犹豫吗?"

"伤害无辜者当然不好,但那是为了实现目标,为了拯救更多的人而做的必要牺牲。"

"关键不是目的,而是态度——你不会害怕,没有负罪感,用纯粹的理性去判断人类的生死,将草菅人命这种事视为理所应当,这样就算是比人类更好吗?"拉法尼尔摇摇头,"王虎说的话,本身就是伪命题,在你们电脑拥有人类一样的情感之前,根本就不可能体会到什么叫作人性,没有人性的东西,又怎么可能获得良知?"

白鸟沉默了一会儿,说道:"的确是非常符合逻辑的推论,我认为你的说法有道理。"

"所以，记好了，白鸟，只要我还活着，在这里我永远是老大。这是因为对你来说，夺去一个人的性命，只不过是数字上的些微变化，而对我来说……"拉法尼尔顿了顿，露出可怕得让人工智能都有些不安的锐利眼神，"那被我杀死的一百九十七位人类和三位使徒，全部都活在我的心里，时时刻刻质问着我：'还有没有别的路？''还有没有不需要杀死蜘蛛便能救下蝴蝶的办法？''是不是可以选择放弃？'"

随后，他向后一靠，又恢复了刚才的神态——懒散、萎靡、微微笑着，满脸的玩世不恭。

在停顿了将近半分钟之后，机械臂在棋盘上画了两个圆圈："看来，这一局是我输了。"

拉法尼尔轻轻端起咖啡杯："需要我来帮你复盘吗？"

"哼——"机械臂把所有棋子全部扫下棋盘，"敢下局国际象棋吗？"

"还是三百元一局？"

机械臂点了点桌子："加倍。"

"你可别哭。"

不知道为什么，拉法尼尔觉得至少是今天，自己稳操胜券。

命运序列

对于被生产出来的女孩来说,那颗足球大小的金属脑袋上的生产序列号,就是整个未来。

一　序列号

女孩的命运，早在分配生产序列号的时候就已经注定了。

冰冷的流水线上，悬挂着闪着微微银光的头颅，这些球状物浑然一体，没有下颌，没有关节，不见一颗铆钉，依旧是些典型的、廉价金属零件的模样。

不是每一个零件都有资格化作人形，它们必须耐心等待——等待经济好转，等待买家光临，等待写着长串阿拉伯数字的订单变成一个个用激光篆刻在天灵盖上的生产序列号。

如何分配这些序列号，对工厂的职员来说，根本就是无所谓的事情，他们只需要把那些没有生命的零件按照步骤一个接一个拼在一起，涂上皮肤，装上电池，灌入程序——当然，有时还会按照客户的要求，穿上制服之类可以表达其所属单位的东西。而所有这一切工作，甚至不用员工亲手完成，按下操作台上小小的开始键后，整个工厂就会像暴风雨来临前夕的蚁穴那般，有条不紊地高速运转起来。

但对被生产出来的女孩来说，那颗足球大小的金属脑袋上的生产序列号，就是整个未来。

如果末尾是"C"，她将会被套上粉嫩逼真的树脂外皮，穿上漂亮——有时是妖艳的服装，站在一个个需要甜美微笑的场合，充当增加客户感受度的洋娃娃。

就像火车站月台前的大姐姐，就像咖啡馆里端茶送水的服务生，就像在夜总会门口接待贵宾的低档模特儿。她们一不需要工资，二不会怀孕，三不会因为衰老而容颜褪色，因此虽然价格不菲，在可使用的功能上和真人相比，也有诸多限制，但市场需求依然庞大。

如果末尾是"M"，那么她同样会获得一身人造外皮——纯白如雪，可以防火防电防酸防辐射，甚至能抵挡小口径动能武器的直射；再配上英姿飒爽的制服或者迷彩，光是往地上一站，就足以消灭许多鬼鬼祟祟的企图。

就像……就像许多组织和部门，人们在习惯了他们戴着防毒面具，扛着突击步枪，穿着防弹衣——有时，甚至是单兵装甲的形象之后，自然会对这些长着甜美脸蛋、身高只有不到一米六的萝莉有种亲切感。更何况，这些萝莉一不需要工资，二不会怀孕，三不用因为阵亡而多付一分钱的抚恤金。因此虽然价格不菲，在性能上也达不到 M629V5 镇压型突击坦克的标准，但市场需求依然庞大。

按照订单，今天的第一批产品应该是十九部 C 型——多么大的生产任务啊，对这家镭曼公司独资的技术密集型工厂来说，已经足足三个月没有接到这么大的订单了——该死的经济萧条，从上世纪末到现在好像一直都没好转。

群魔乱舞似的机械臂，拎起一个个看上去棱角分明的部件，在密封绝尘的车间里七上八下。如果旁人观看，一定会觉得这简直就是某种中世纪的酷刑表演——那些纵横交错的锁链、项圈、钻头和汽锤，举起落下之余，溅起一道道火花和一阵阵刺耳恐怖的尖啸，奇形怪状的零件，也像从受害者身上凌迟而下的肉块，胡乱地散遍房间的各个角落。

但是不一会儿，仿佛是被精灵施了某种咒语似的，这些零件慢慢有了人的形状。在她们亭亭玉立的身体被喷上金黄色的防锈漆之后，已经没有人怀疑这些机械制品是现代工业的精华——或者说，叫科学与艺术的结晶。

现在，两个"结晶"面对面地坐在冷却室内，准备下一道工序：植皮——正如字面上的含义，这是一个相当耗时且复杂的工作，尤其是这些供人玩赏的 C 型，一丁点儿瑕疵都有可能会引起退货这种不幸结局。至于 M 型，她们在服役的一年后，还能保有完整的身体，就已经是圆满结局了，因此皮肤有点糙或者手感不好，根本就不是问题。

刚刚从一片虚无中苏醒时，AI 总归是有些茫然的，为了不引起麻烦，系统锁死了这两个女孩的身体。她们只能用一对翡翠色的大眼睛互相注视，谈不上含情脉脉，反倒有些在镜子前对着自己发呆的奇妙感觉。

这种 4415 型自律回路与其说是人工智能，还不如说是模拟程序——诚然，现在世界上绝大部分打着人工智能旗号的玩意儿都不过是些模拟程序，而那些真正的人工智能，要不然就是军事机密，被藏在深山老林中谋划着如何毁灭人类，要不然就是隐于民间，天天提心吊胆，生怕被人类毁灭。但这一切并不能阻止普通消费者对人工智能的偏执，他们总觉得越是接近自己的东西，就越可靠，就越可爱，就越容易勾起保护欲，或者别的什么欲望。

而 4415 型自律回路可以说正是满足了这些需要，她们有记忆，可以学习，会积累经验……随着时间的推移，那原先可以用脏话来形容的智商，慢慢就变得惊艳了起来；尤其是在她们经常涉及的领域，更是越干越顺手，甚至和人类同僚比起来也毫不逊色。

比如房间里的这两部 C 型，现在，她们可以说是两张白纸，智力水平最多也就比鹦鹉高一点儿。但是用不了两三年，一个就可能成为独当一面的导游，另一个则成为打扫卫生的行家。

突然，冷却室的顶部亮起了红灯，她们对这突如其来的异变有些惊奇，但苦于脖子无法活动，只能抬起眼睑，用怪异的目光朝上凝视。

三根触手一般的机械臂从天花板上轰然滑下，擒住了一个女孩的双肩和脑门，精巧的起子和小爪上下齐动，眨眼间就解开了女孩脖颈处的拘束，将她的脑袋连着胸腔里的中央处理单元一并扯了出来，拉离了身体。

望着眼前没有脑袋的半具躯壳，另一个女孩有些茫然，她既无法理解刚才发生了什么，也不知道她的同伴——按照生产时间，应该说是她的双胞胎姐妹将被送往何处。

但是操作台前的员工心里清楚，只有这样做，才能阻止自己这个月的奖金泡汤——他不小心生产了二十部 C 型，也就是多出了一部。根据订单，接下来应该生产三部 M 型精英款，为了尽量降低自己的失误被人发现的概率，他决定把这多出来的一部 C 型废物利用，把已经组装好并且灌入 AI 的中央处理单元直接装进 M 型的身体里，至于原先的身体——要拆回零件状态，然后谎报称"有一颗螺丝质量不过关"之类的问题，还是很容易的。

于是，她脑门上的生产序列号改变了。

于是，这个少女的命运改变了。

二　在灰烬前

对红区的灰烬酒吧来说，有讨厌的条子找上门已经是家常便饭。

追捕劫匪、搜查毒品、围猎黑帮、营救被拐骗的失足少女或者只是单纯来逛一圈看有什么新发现——这些警察，无论穿着什么颜色的制服，带着什么样式的装备，总能找到擅闯酒吧的道理和借口，他们风风火火地出现，搞一番轰轰烈烈的扫荡，在晚间新闻上表表态、发发言，拍拍屁股走人。

然后一切照旧，毒贩还是在酒吧的包厢里，吃着火锅唱着歌；失足女子还是站在舞厅的中央，抱着钢管跳着舞；红区的黑帮领袖们，还是围在圆桌前，一边插科打诨，一边商讨道上的生意。

但是今天，只是今天，他们似乎是来动真格的了。

监察军把这栋充满乡土气息的破旧建筑围了个水泄不通，军用型的装甲输送车、荷枪实弹的轻步兵，甚至还有两架雀蜂武装直升机——这可是在灰烬酒吧从没有出现过的大排场，甚至可以说，在红区十来年的历史里，这也是难得一见的胜景。

"把狙击手部署到后面那栋楼上，就是那一栋，"王虎指着不远处的公寓楼，"还有，酒吧后门只留了一个小队？喂，你们真的不是新手吗？"

与他说教似的、一本正经的态度形成鲜明对比，被王虎训话的几个监察军士兵显得有些丈二和尚摸不着头脑——就好像登陆外星的宇航员遇到了土著生物，而且这些土著竟然还会用英语说话。

"另外，封锁线也不够长，至少还要再拉一个街区出来，下水道也……"

"喂！我说！"突然，王虎身后的黑人大汉拍了拍他的肩膀，"这位！我记得你现在的职级是二级巡察吧？"

所谓的二级巡察就是比一级巡察还低一个档次的小角色，主要的业务应该是在大街上来回游走，看有没有可疑的人物出现，间或参与一些刑事案件的侦破——在王虎因为半年前某个案件被撤职，或者说引咎辞职之后，他还是走了一些后门才得以保住这么个职位。

"啧，"王虎转过身来，一边摸着自己稀疏的络腮胡，一边与比他高出一个头来的大汉目光交会,"卡扎克队长,你何必在意那些细枝末节的东西呢?"

"死到一边去,赶紧的,"被唤作卡扎克的大汉眉头一拧,"别妨碍老子工作!这儿正忙着呢!"

倒不是真的在生气,事实上,这个叫卡扎克的黑人与王虎是老相识、老战友了——即便用生死之交来形容也不为过。只是卡扎克的性格相当古板,而王虎则从六年前入行开始就一直吊儿郎当的,因此在旁人看来,他们总是一副八字不合的架势。

被卡扎克拽到一边后,王虎并没有离开,而是坐在自己豪车的引擎盖上抽起了烟。这是一辆新车,NTX2042款,他喜欢极了,天天开着出去。顺带一提,他的上一辆喜欢极了的跑车在一周前的"57号公路大追捕"中报废了,被歹徒用反坦克电磁炮轰了个结结实实,以至于负责理赔的保险公司都分不清哪里是车头,哪里是车尾。

在卡扎克眼里,像王虎这样的公子哥儿就应该老老实实地回去坐游艇、晒日光浴、喝鸡尾酒,然后和所谓的社会名流坐在长桌前眉来眼去,或者在床上眉来眼去,反正也差不多。

但他不,他就是不愿意好好生活,他非要当警察——就好像那些对命运有叛逆精神的初中二年级学生一样,非把自己搞得与众不同,看起来很有个性,在未成年少女崇拜或是惊愕的注视下招摇过市。

但问题是,王虎你已经二十八岁了啊!已经过了头脑发热的年纪了不是吗?而且你不是已经辞职了吗?重新做回巡警很好玩吗?

卡扎克一直不能理解这些有钱人,尤其不能理解他的这个怪友。

"我说,你没事来这儿干吗呢?"他走到王虎身边,开门见山,"红区不是你的巡逻范围吧?"

"想吃碗炸酱面就过来了。倒是你,卡扎克老兄,"王虎拍拍对方的背,"搞这么大排场,干吗呢?"

"'血鸦'在这里有一笔大买卖,"黑人依旧拧着眉头,只是把目光从王虎身上转移到了被砸开的酒吧门口,"线人报告说,提供毒品原料和生产设备的老板也会到场。"

"有这种事?"王虎摸了摸下巴,"那倒是条值得一搏的大鱼。"

"他们准备在酒吧底下开个作坊,如果这能作为证据,我们就可以一口气把'血鸦'的大哥们全部丢进监狱。"卡扎克微微仰了一下头,"我已经受够红区的乌烟瘴气了,是时候给他们点颜色看看了。"

"那我提前为你的晋升表示祝贺。"

"等我把这儿搞定了再咒我也不迟。"卡扎克叹了口气,"没你想的那么简单,你知道那个老板原来是干什么的吗?"

"管他是干什么的呢?"王虎耸耸肩,"你今天带了这阵势来,死人的过去重要吗?"

"他在监察军服过役,当过特等射手,擅长伪装和渗透,在军校时还拿过一届格斗冠军,要逮到他恐怕不容易。"

"哦?格斗冠军?叫什么?"王虎漫不经心地掏出一盒包装考究的香烟,从中抽出一根叼在嘴上,"说不定我跟他还打过几场。"

"马龙，马龙·皮亚罗。"

九元一根的名贵香烟从王虎口中滑落，砸在皮鞋上，又阴错阳差地滚进了路边的阴沟。

"该死！"王虎一边咬牙切齿地抽出烟，一边避开卡扎克的目光，"千万别让我爹看见我这么浪费，否则这个月的零花钱又泡汤了。"

拙劣的演技自然骗不了老辣的卡扎克。

"怎么？你认识他？"

"谁？"

"别装了，你小子还想瞒过我？"

话音刚落，一辆外型很像铺路机的装甲车在酒吧门前戛然停稳，后舱掀开，从里面齐刷刷地站起一排梳着掩耳短发的女孩子，粗略一数，有六七人。

从她们黑色的制服和右肩挎着的轻型冲锋枪来看，这些身材娇小的可爱女孩隶属于监察军的机械化情报搜集与处理中队——以前他们大多使用侦察甲虫和插着芯片的德国牧羊犬，仿生机器人则只能负责在总部接接电话、查查地图。

"哟！这些就是你的新玩具吧！"像找到了救命稻草似的，王虎连忙岔开话题，"和原版的 GIRLS 有什么区别吗？"

"搭载了最新式的 4415 型人工智能，可以脱离主作战网络独立行动，并且具备经验疏导技能，成长性极好。"即便是开玩笑的时候，卡扎克依然一脸严肃，他拍拍王虎的肩膀，"人类的时代结束了，王虎，欢迎来到未来，见见我们的玛蒂娜。"

三　Martina

　　王虎不得不承认，这确实是一批做工相当精良的机器人。与之前被集体销毁的那一批问题少女相比，她们不只是系统上升了级，外貌和身材也被打造得更符合人类的审美——不要小瞧这点外表上的改变，根据现代心理学教授阿普顿·K的理论，在执行涉及暴力的公务时，靓丽可爱的造型往往具有更好的震慑效果。

　　但无论如何，她们还都只是机器，即便脸上挂着浅浅的、逼真的、不能不算是迷人的微笑，却也无法掩饰那种行尸走肉般的微妙感觉——也许就是因为她们实在太过完美了。

　　王虎突然注意到，在面前的这一排机器人中，最左边的那台似乎有些与众不同——她的瞳孔是翡翠色的！根据经验，在监察军中服役的仿真机器人应该统一使用蓝色的眼睛，进入战斗状态时会变成犀利的红色，以恐吓犯罪分子。而且就算单纯只看轮廓，她似乎也有那么一点特别之处。

　　"是我眼睛花了吗？"王虎别过头对卡扎克小声耳语，"她好像比别人丰满些？"

　　"她就是玛蒂娜了，精英型GIRLS，整个小队唯一的活人，其他都是她的分身。你看到的丰满其实是胸部的硬化钛合金倾斜笼甲，用以保护中央处理器和遥控设备，这玩意儿可以抵御九毫米反器材狙击步枪的直接射击，材质和重型坦克上用的一模一样。"

"啧,"看着卡扎克有些得意扬扬的表情,王虎摸了摸下巴,"你们这是逼着犯罪分子人手一颗单兵导弹啊。"

其实,在王虎打量玛蒂娜时,这个长着独特翡翠色瞳孔的女孩子也在研究着王虎——从看到他的第一眼开始。

"姓名:王虎。曾用名:克里斯·梅雅利。性别:男。年龄:二十八岁。配偶:无。职业:卡奥斯城监察军二级巡察。"信息流通过总部的数据库传进中控电脑,来来回回不过几毫秒的时间,"家庭组成:父亲、母亲、弟弟、妹妹。父亲为梅雅利能源公司的创始人。王虎继承该公司的可能性:较高……"

"很难说单兵导弹能不能把她摧毁,"卡扎克还在继续着刚才的话题,"她的每一个关节和肢端都经过了强化——专门定制的合金材料,比通常的型号,也就是那些分身,要耐用许多。"

"我记得以前的精英版 GIRLS 也没这么多优待啊,这得浪费纳税人多少钱啊?"

"以前的 GIRLS 可没有装备 4415 型人工智能,你得明白,培养一个能帮上忙的人工智能得有多难。"卡扎克抹了抹额头,"玛蒂娜服役半年来的表现无可挑剔,我敢说她是所有同型机中最棒的一个。"

"最棒?"王虎一声哼笑,"你的意思是说,同一个工厂生产出来的人工智能也会有差异?就像人类那样,一生下来就有智力高低之分?"

"你看,即便是双胞胎,学习成绩也有好有坏,对不对?"

在两人对面，一语不发的玛蒂娜仍然在检索着关于王虎的信息：

"王虎曾担任监察军地面行动指挥官，因'您的权限无法查阅该词条'事件引咎辞职，该事件有可能对他在'机器人介入警界事务'的态度上产生消极影响……"

由4415型自律回路编织出的逻辑矩阵，在扫描到"消极影响"这个词的时候停顿了一下——这个停顿可能只有一毫秒，但确实打断了玛蒂娜的检索，让她转而开始寻找那些有关王虎的花边新闻——

"以年级次席的身份毕业于学院区监察军直属警校，在第三次边缘净化行动中表现突出，获得银色花蝴蝶勋章一枚，次年升格为巡督……"

玛蒂娜盯着王虎，王虎也盯着她："所以，你打算让她领着这群脆皮小丸子进去打主攻？这不是监察军的作风吧？"

"线人报告说毒品加工站在地下舞厅的内室，"卡扎克答道，"德尔坎之类的重型设备进不去，我可不愿拿人命冒险。再说了，玛蒂娜也是干这个的行家。"

"呵，那我倒是有点兴趣了，"王虎看了看他的劳力士腕表，"你什么时候开始进攻？"

"等平民疏散完毕就开始。"

而另一边，咫尺之外的玛蒂娜终于找到了钥匙——"王虎为人直率，很少掩饰自己的意见和需求，据知情人士透露，他对奉承话的抵抗力很差，另外，他的现任女……"

足够了——收集到的信息,已经足够让 4415 型自律回路形成基本的判断,这台由电子元件和仿生学材料杂糅而成的设备,在一阵复杂到不可名状的运算之后,得出了一个她认为可以算得上是奉承话的结论——

"王虎先生,对您的事迹,我仰慕已久。"

配着虽然有点虚假却腼腆迷人的微笑,少女柔软的声线,确实让王虎很受用。而更重要的是,他在这简单的一句话中,闻到了一丝智慧甚至是情感的味道。

"啧——"王虎眯了眯眼,"你给她起的名叫什么来着?玛蒂娜?"

"玛蒂娜,"卡扎克点点头,"不过那是她自己选的名字。"

王虎依稀记得,在拉丁语中,玛蒂娜的意思是战神。

四 偶遇

与和她一起服役的姐妹们相比,玛蒂娜无论从哪个角度都可以称得上是一个精英。她不仅装备了钢筋铁骨的身躯,拿着价格昂贵的武器,更拥有一个足以驾驭这一切的大脑。在成为监察军的半年以来,玛蒂娜学会了肉搏,学会了射击,学会了利用周围的环境保护自己,学会了在检修的时候同技师讲笑话——能相信吗?她甚至懂得针对不同性别和年龄的人来选择笑话的种类——虽然有时选得并不是很恰当。

不堪入耳的音乐在地下舞厅那狭小的天地里回来荡去，浓重呛人的硝烟味弥散在空气中，忽明忽暗的灯光也让这里显得格外光怪陆离——初次进入灰烬酒吧的客人，恐怕都会对这种环境心生厌恶，连一分钟都不想待下去。

但对玛蒂娜和她的分身们来说，这些影响完全不是问题，她可以在完全无光的环境中看清三百米开外的纸钞面额，噪声和异味也只不过是一些二进制的编码。

就在几分钟前，这里经过了一场不大不小的激战，玛蒂娜损失了两具分身，击毙了三名黑帮成员，缴械了其余的八个人——他们只携带了手枪之类的轻武器，根本不可能与政府的战斗机器人对抗，如果监察军出动了德尔坎，那局面可能会更加一边倒，也就不会有什么损失了。

当然，玛蒂娜可不会在意姐妹们的牺牲——正像人类不会在意她的牺牲一样，不同的东西有不同的价值，而有些东西的价值，就是代替别人被破坏。

她斜了一眼靠墙站好的俘虏们，两个分身正端着冲锋枪，一左一右地看守着这些人渣。而在房间的另一边，三名身着连体防化服的技术专家蹲在角落里，小心翼翼地拨弄着一块嵌入墙体的控制面板，简直像在拆除某种大规模杀伤性武器。

"OK！解锁完成！"其中一个突然抬起头来，带着沉重的呼吸声对玛蒂娜道，"门已经开了，"他指了指身旁的酒柜，那正是暗门的所在地,"你小心,情报说里面还有机关。"

对,里面还有机关,所以才需要玛蒂娜们身先士卒,不是吗?

玛蒂娜微笑着点点头——她并不能理解这个动作的含义,但知道这样做可以获得对方的认同,这也就足够了。

"您辛苦了,请撤退吧,这里交给我就好了。"

跟着他一起走出舞厅的,还有另外两个分身和八名俘虏,为了不影响接下来可能会用到的微操作,玛蒂娜切断了自己同那两个分身之间的联系——她们虽然没有搭载人工智能,但执行诸如押送犯人到户外这种简单的命令还是完全不成问题的。

现在,玛蒂娜身边只留下了这最后一名护卫,她丢下了冲锋枪,站到玛蒂娜身前,用一副大义凛然的模样掀开了酒柜的侧边,暗门也随之徐徐向内展开,出现了一条并不算长但看上去很是阴森恐怖的走廊。

有地雷?有陷阱?还是天花板上会掉下落石?

这些她都不会太在意,即便是对机器人来说最有威慑力的武器——EMP炸弹,也很难直接摧毁套着反辐射皮层的玛蒂娜。但是无论如何,为了保证任务得以顺利进行,她还是会采取最保守、最安全的策略——这也是她在半年戎马生涯里学会的、最重要的法则。

玛蒂娜看了一眼面前的分身,发出了一道前进的指令,这个廉价版的姐妹毫不犹豫地昂首挺胸,朝走廊对面的木门迈开了步子。

只是短短的两三秒钟,一挺脉冲机枪从天花板的暗仓里翻了个面儿,完成部署,露出那黑洞洞的 8 毫米枪口。

德制 MG41 重型机枪！穿甲深度、弹丸质量、射击频率——关于这把杀人利器的全部数据，在玛蒂娜面前一晃而过，并让她对眼前的形势有了基本的判断。

分身原地展开双臂，挡住了所有射来的蓝色火线，子弹噼里啪啦地打在它的正面，把这个纤细的身躯震得抽搐不已，有几发撕破了防弹衣，贯穿了前装甲，打中了一些元件，电子发声器也因此而发出一串"呜呜唉唉"的呻吟。

玛蒂娜身体向前一探，抓住分身的肩膀，将它整个儿拎了起来，挡住自己的面门。她不需要视野——分身能见之处，就是她的视野，在确定了那台 MG41 的具体位置之后，她将冲锋枪举过头顶，越过分身的肩膀，打出三发点射，然后又是三发点射。

在重型机枪哑火的同时，被当作盾牌的分身也垂下了头，这具躯壳已经七窍生烟，支离破碎，再配上发着红光、咄咄逼人的双眼，就好像一个冤死的女鬼，穿着破衫烂裙游荡在半空中。

玛蒂娜抡起胳膊，将分身向前用力一抛，直接将走廊尽头的木门从中间砸开，那分身也像一堆废铁似的"哗啦"一声瘫倒在地上。

似乎再没有什么机关暗器了——这样想着的玛蒂娜，在犹豫了一下之后，大踏步地跨过走廊，进入密室。

这里似乎是会议厅的房间，中间一张长圆桌，四周围着一圈做工精良的木椅，看起来还是出自名门的高档货。而就在这个圆桌的正对面，竟然还有一道铁门，上面赫然印着类似生化有害的警示标识。

读取记忆体的信息，检索关键词，然后通过人工智能进行简单的逻辑推理，玛蒂娜立马就确定，在这扇铁门背后，一定就是那所谓的毒品加工站。虽说感觉不到兴奋，但完成任务的机械本能还是让玛蒂娜加快了动作，她单手撑着圆桌一跃而过，跳到门前。

"您好女士，要甜酒还是咖啡？"

就在这时，一个软软甜甜的声音从背后传来，这听起来像是十七八岁女高中生的轻声细语，却让玛蒂娜的双眼泛出骇人的血红，她猛地将脑袋旋转180度，盯紧了那个站在角落里，竟然在进房间时没有发现的可疑目标。

五　决斗

那是一位穿着雪白旗袍的黑发少女，她的双臂很自然地向后微微弯曲，双手交叠于小腹之前，姿态优雅，显得既高贵又大方。

是一台同型机——透过这美丽的外表，玛蒂娜马上就发现了对方的本质，并且思考出了相应的反制策略：她转过身来，就和与敌人遭遇的坦克一样，用最坚固的正面胸甲面向对手，然后右臂轻轻向下一甩，弹出手心中央的磁暴线圈，横在身前。

这东西的学名叫S51回旋式EMP发生器，比起枪弹和刀剑，它在对付小型机器人时的效果更好——基本上，被它碰过的电子元件都会按照原材料的价格，直接进入废品收购站。

虽然不是在超市就能买到，但也并不是什么尖端装备，小贩也好，歹徒也好，恐怖分子也好，为了应付警方的战斗机器人，买一支防身还是常有的事情。也正因为如此，监察军的 GIRLS 使用了昂贵的绝缘皮肤，这东西卖相一般，手感很差——虽然在检修以外的时间里，也没什么人敢上去摸就是了。

对方用翡翠色的眸子迅速瞄了一眼玛蒂娜手里的武器，又恢复了平视。

"我是克莱尔，您好，请问有什么可以帮忙的吗？"

克莱尔——玛蒂娜检索了一下资料库，发现这似乎只是个普通的女人名而已，没什么特别的寓意。无论从哪个角度来看，面前的这台同型机都只是个用人之类的角色，负责送送饮料、递递零食。

不过，这也就意味着，她很可能掌握了诸如客人名单之类有用的资料——这个单纯的猜测让玛蒂娜改变了策略，她抖了一下胳膊，收起磁暴线圈，眼睛也恢复了翡翠色。

在一阵看上去最普通的无言对视中，玛蒂娜发动了一场最现代化的信息战——她试图用无线干涉的方式潜入对方的系统，切断其自律回路与运动系统的链接，然后直接控制这个克莱尔的全部硬件。从理论上说，这和控制其他分身并没有区别，以玛蒂娜的经验，也早该驾轻就熟了。

奇怪的是，入侵竟然失败了——对方并没有搭载高性能的反黑客硬件，也没有安装特别优秀的防火墙，但无论玛蒂娜用何种方式都无法得手。在这短短的四五秒里，难以用语言描述的激烈战斗却在克莱尔体内打了上百个回合——每一条代码，每一道指令，每一个子程序，狂风暴雨般的突袭与无懈可击的防御碰撞交汇，阵线犬牙交错，谁也无法取得决定性的胜利。

作为藏身于黑道深渊的服务用机器人，像"公主"那样经常性被无良黑客上身应该也不是没有可能，她的 4415 型自律回路也许因此而进化出了反制机能——在估算了继续破解可能需要用到的时间之后，玛蒂娜放弃了，她还有更加重要的目标，而那个目标很可能就藏在身后，近在咫尺。

她再一次转过身，面对那扇可疑的铁门。奇怪的是，在这道严丝合缝的门周围，竟然没有一个开关之类的设备，玛蒂娜上上下下地轻抚着门扉，稍稍用力，门却纹丝不动。显然，这门在建造之初，已经有了应对不速之客的准备。

"对不起女士，请不要靠近那扇门，"克莱尔突然提高了嗓音，露出一个皱眉头的虚拟表情，"主人会不高兴的。"

玛蒂娜没有理她，而是继续着手上的操作，在一番仔细的摸索之后，她确定门上并没有什么机关暗器，如果用蛮力强行打开，应该也不会有危险。

她抡起胳膊，狠狠在门上打出一记扣杀，铁门竟然因为这发重击而弯曲变形，向内凹陷。

"请你马上离开房间！"克莱尔几乎是大吼了起来，"你的行动已经超出了主人允许的范围！"

那么你还能怎么样？玛蒂娜在听到警告之后，做了大概一点五秒的运算。无论是从材质、装备还是经验上看，她都认定这具 C 型机器人对自己根本构不成威胁，于是再次抬起了左臂。

克莱尔的动作很快——比玛蒂娜之前见过的任何一部 C 型机都要快，她一跃而起，越过长桌，手中握着不知道从哪里抽出来的消防斧，在半空中旋转着身体，对准玛蒂娜的后脑勺横向斩来。

舞动的白色袍摆让这个曼妙的身躯看起来如此飘逸优雅，就像一朵尽力绽放的莲花，而这花瓣的边缘便是夺命的刀锋，锐利迅猛得仿佛无可阻挡。

玛蒂娜头也没回，只是简单地将左臂抬到侧脸，便将这一斩挡了下来。斧子劈裂了制服的袖口，割开了手腕处的皮肤，"哐"的一声砍中了里面的金属结构，刃上立马就出现了一个豁口。

从起身到落地，克莱尔的每一个动作，看似出其不意，却都在玛蒂娜的监视之下——那具倒在地上的分身虽然已经被机枪打得支离破碎，但核心功能并没有丧失，至少她的头颅还可以自由转动，她的左眼还看得清东西。

因此玛蒂娜对身后的偷袭早有防备，事实上，就算这一下真的砍在脖子上，也不会造成什么影响，以 C 型的力气和消防斧的强度来说，要击破她的军用金属骨架是不可能的。

本来，按照监察军的规定，在对嫌疑犯使用暴力的时候，玛蒂娜应该念出"你破坏了某某某法令，因此必须如何如何"之类的劝降宣言，但她明白，对手身为一个悍不畏死的自律回路，根本不会把自己的话放在心上——更何况，无论你对机器人做什么，也不会有人跳出来告你侵犯人权。

在转身的同时，玛蒂娜挥动左臂反击，斧子像炮弹般甩了出去，竟一头扎在天花板上，而被抽中正脸的克莱尔半个下颌都碎掉了，松松垮垮地挂在脸颊上，模样煞是骇人。

即便是一般的 M 型，也不会有玛蒂娜这样强大的力量，经过某些特殊爱好者的改造之后，单论力量，她已经完全踏入工业机器人的领域了。

两人的行动在同一时间展开——玛蒂娜弹出右手的磁暴线圈，一把抓住克莱尔的左腕，而克莱尔则用右手夺过了玛蒂娜挂在腰间的冲锋枪，抵在她的脸上。

看起来，胜负已分。

磁暴线圈从预热到放电，只需要一点五秒，强大的定向 EMP 冲击将会透过手臂贯穿克莱尔的全身，她马上就会变成一堆废铁！而另一边，却是由军用材质打造的玛蒂娜，9 毫米冲锋枪的子弹，在任何距离、从任何角度都无法贯穿她的任何部位。

枪响的同时，耀眼炫目的电光在两人贴合的地方炸裂开来，发出噼里啪啦的刺耳轰鸣，仿佛一道闪电从天而降，穿过地面，砸进了这小小的密室。

克莱尔射出了整整一梭子弹，大部分打中了玛蒂娜的正脸和脖子，有几颗落在了胸前。毕竟是近距离的抵射，玛蒂娜身上的防弹制服被撕开了好几个洞，脸上和脖子上的皮肤也被剐出了缺口，露出内里黄灿灿的金属结构。

当一切声音都归于沉寂的时候，在咫尺之遥对视的两人都愣了一下。玛蒂娜的4415型自律回路毕竟身经百战，反应上似乎是更快了那么一点儿——她发现克莱尔那冒着青烟的左臂正被自己握在手里！

多么不可思议的对手啊！一个穿着旗袍，无论作用还是功能都应该被视为花瓶的C型少女机器人，竟然在电光石火的一瞬间，在即将被毁灭的一瞬间，选择了唯一正确的方法——切断自己左臂与身体的连接。

这意味着她不仅知道磁暴线圈的作用与威力，更懂得破解的手段，就这方面而言，恐怕监察军里的精英版GIRLS也不过如此。

不能摧毁她！为了数据库里的信息也好，出于对对手的尊重也好，玛蒂娜决定不再使用磁暴线圈——不，这个克莱尔太有价值了，作为一台民用型的机器人，她在短短几秒内表现出来的战斗技巧，不输给任何一位玛蒂娜认识的同类，在她的身体里，在那个小小的自律回路里，蕴藏的不只是有关于黑帮和毒品加工站的情报，还有某种——某种以玛蒂娜的理解能力，无法说清道明的东西，研究这个东西，可能比这次行动本身的意义还要重大。

机器人不懂得命运，但是冥冥之中，命运却帮她做出了选择。

玛蒂娜一手按住克莱尔的肩膀，一手死死钳住她已经稀碎的下巴，用力向上提拽。机器人的中央处理器安装在胸部，由一大串葡萄似的电子元件与头颅相连，就和生产时一样，只要小心翼翼地将脑袋拉出来，就能够完好无损地取得克莱尔的自律回路。

克莱尔的金属外壳发出嘎吱嘎吱的声音，正慢慢地扭曲变形，脖子下方的电缆也正一厘米一厘米地暴露出来。她腿脚乱蹬，却像垂死之人的挣扎那般柔弱无力，抽在玛蒂娜笔挺的身躯上，根本不能撼动对方分毫。

不胜其烦的玛蒂娜干脆抬起右腿，正踹在克莱尔的小腹上——这一脚的威力如此夸张，不仅把克莱尔的肚子踢了个大裂口，连胯部的金属骨架都四散开来，顿时，原本亭亭玉立的克莱尔就只剩下了半个身子。

虽然有着相似的外貌和体型，但在骨子里，两人之间的战斗力差距如隔天地。

伴着"啊啊呜呜"的含混不清的怪叫，克莱尔将她唯一能动的右臂架在了玛蒂娜的肩上，食指和中指抠住了对方牙床上方——那刚刚被子弹打出来的缺口。

撕下玛蒂娜的半张脸皮——这似乎就是克莱尔的最后一搏了，她的脖子已经完全脱离胸腔，只要对手再加一把劲儿，她的中央处理单元就会被扯出来——形象点儿说，就是灵魂出窍了。

把克莱尔处理完毕之后，撬开身后的铁门，搜集证据，完成任务，然后带着战利品返回基地——玛蒂娜已经预测出了接下来半小时将要发生的事情，似乎一切已经稳操胜券，连百分之零点一的变数都不会存在。

但她错了。

当克莱尔的右手,轻抚在她裸露、没有皮肤保护的右颊时,她知道自己错了——出现在对方手心的,分明是一颗 S51 回旋式 EMP 发生器,与自己刚刚使用的那枚一模一样。

既然装备了如此强力的撒手锏,为什么不在一开始便使出来?

是因为皮肤?因为她意识到必须先破坏自己的绝缘皮肤,才能让 EMP 发挥作用?还是因为常年在黑帮生存,耳濡目染,懂得任何时候都必须把绝招留到最后?

一点五秒转瞬即逝,玛蒂娜还没来得及得出任何有逻辑的结论,便在一片电火花中陷入了永恒的沉默。

克莱尔重重摔在地上,这个时候的她,也已经完全丧失了活动能力,全身上下只有一条胳膊能动,想要继续完成主人嘱托的任务,显然已经不太可能了。

她并不知道,就在两分钟前,她的主人已经伏法,因此无论从法律的角度还是从实际的使用上,她都已经是一台可以且应当被回炉的废品了。

这没有什么可哀叹的,正如那些 M 型机器人战死沙场一样,当一个 C 型机器人无法再履行自己的功能时,她在这个世界的时间就结束了——一个坏掉的玩具,没有价值。

六　另一个故事

五分钟前。

马龙从没有想过事情会这么顺利。那些满脑袋教条思维的监察军只是简单地封锁了下水道，丝毫没有注意到电井和供暖管线之间还有缝隙——不算大的缝隙，但对身高一米八五的马龙来说已经足够。

现在，他带着满身的污迹和对监察军的嘲弄，踏上了通往自由之路。卡奥斯城大部分下水系统的出入口都装有监控摄像头，要想找一个万全的脱身之策并不容易，但如果你带着合适的设备，情况就大不一样了——而刚好，马龙就有这么一个HG437型便携式干扰器。他甚至已经想好了逃跑的路线——从位于林荫区阴暗处的某个窨井盖开始，以57号高速公路上的某辆走私车结束。

对，他会回来，马龙还会卷土重来，会用更巧妙、更完美的办法，把整个卡奥斯城的黑帮都纳入掌中，是的，他必须这样做——作为里希特家族的正式继承者，他背负了太多人的期望，也就没有失败的余地。

可才迈出一步，失败便找上门来——

"马龙，你又粗了一圈啊。"

扔掉手里的半截烟头，王虎从阴影中现出身形——握着一把2015银星式手枪。

"啊哈，克里斯，"马龙微微笑着，一边慢慢地转过身，一边很自觉地举起了双手，"有日子没见了。"

王虎已经很久没有听见有人叫他的真名了，这多少勾起了一些往日的回忆。"还记得第二学年的都市战演习吗？"他绷着脸，露出难得一见的威严，"你带着我，我们两个人，穿过供暖管线，打了教导团一个措手不及。"

"哈！"马龙一声哼笑，"我猜他们到现在都没有发现我们是怎么跑出来的。"

"他们没有，"王虎摇摇头，脸上的笑容转瞬即逝，"否则也不会只有我一个人站在这儿了。"

为对方的言下之意所困惑，马龙犹豫了几秒后才缓缓开口："如果，你愿意放我走的话，我可以……"

"你可以怎么？"王虎微微一笑，"贿赂我吗？"

"贿赂一个亿万富翁的儿子？"马龙苦笑着摇了摇头，"哦，当然不。"

王虎扭头扫了身后一眼，那样子似乎是在担心有什么东西会从背后突然扑上来——这个小动作让马龙更加确信，王虎是孤身一人，"我一直没有机会当面问你——这里没别人，能给你的老朋友我一个答案吗？"

马龙当然知道对方要问的是什么——还能是什么？身为监察军学院历史上成绩最好的首席毕业生，初代 SEED 精英的候选人，在前途一片大好的境况下，马龙竟然弃明投暗，接手了肮脏的家族业务，成为最令人畏惧的毒枭之一，其中的原委，别说是外人，连马龙自己有时都疑惑不解。

"命……"他撇了撇嘴，叹着气，给出了唯一能够说服自己的答案，"这都是命。"

王虎一皱眉："命？"

"我的哥哥和姐姐被杀后，我是唯一的家族继承人，他们有太多的理由和办法让我屈服，"马龙耸了耸肩，"荣誉、尊严、亲情，你应该和我一样明白，毕竟，你也有一个大家族。"

"少瞎扯！"王虎不无恼怒地大喝一声，"我家可没犯法！"

"哦？真的吗？"马龙笑道，"你敢让你老爸来说这话吗？"

确实，在国际上，梅雅利能源集团的名声相当不好——恶意竞争、低价倾销，从偷税漏税到暴力强拆，甚至涉嫌推翻小国政府。比起里希特家族的贩毒和倒卖军火，王虎在这个问题上其实占不到什么便宜。

"但你是警察！你是……是最棒的警察！"王虎咽了咽口水，"你明明可以做一个好人，不！不需要拯救世界，你只要远离那些该死的亲戚，待在这个城邦里，待在卡奥斯城里，你就可以做一个好——"

"这不是在拍电影！克里斯！"怒号在狭窄的下水道里激起一阵回响，也许是因为情绪太过激动，马龙在这一瞬间竟忘记了自己的处境，"什么是好人？什么是坏人？好坏由谁定？我们有的只是自己的人生！克里斯！自己的命！"

"但你看看你现在在做什么！"王虎的身体随着他的吼声一并颤抖，"你回到这里！回到这个养育你的城市！你带来了什么？毒品！武器！妓女！你在警校里所痛恨的一切，现在却被你拿来腐蚀这个城市！"

"我说了，这是命，"马龙摇摇头，"是在你我出生时就已经注定了的事情。你觉得我们有自由意志？不，在这样一个定制化的世界里，我们不比那些流水线上的机器人更自由，你可以骂娘，可以反抗，可你毫无办法。"他顿了顿，"你也一定受到来自家里人的不小的压力吧？身为长子，置几百亿的家产于不顾，在外面出生入死……"

"但我不信命！"王虎激动地拍着自己的脑门，"看清楚，马龙，我们头上没有生产序列号！我们可以改变自己的命运，为什么不能？"

片刻的沉默之后，马龙点了点头："你说出这种话来，我还真没办法反驳。但是克里斯，你必须明白，这世上不是每个人都像你那样有个好爹，有足够的金钱、时间和精力来改变自己的命运……"

无论从哪个角度去思辨，这又是一句没法反驳的话。

"好吧，"此刻，王虎也不打算反驳了，"我给你个机会。"他扔掉了手里的银星式手枪，"一对一，你打赢我，就可以走了。"

马龙眉角轻扬："可你从没赢过我，一次都没有。"

"对，所以我才要证明给你看——"王虎解开了自己的衣领，摆出一副准备格斗的架势，"命运是可以改变的。"

简直是天赐良机！刹那的欣喜让马龙的肾上腺素飙升。作为在黑白两道都身经百战的斗士，他深深明白近身肉搏的奥秘——比对手快，比对手准，比对手狠。

无需多言，马龙挥臂而上，腾空而起的身姿就像展翼的大鹏，这一击来自中国古武术的叩掌，看似势大力沉，却只是虚招一记，他已经想好了接下来的套路——不是一种，不是两种，而是一整个系列的杀招，以王虎这养尊处优的身子，恐怕连十秒钟都坚持不到。

当！

子弹穿腿而过，马龙的身体瞬间便失去了平衡，倒在地上。但比起腿上枣核大的枪伤，王虎的行为才更加令他震撼。

"你……"他惊愕地看着王虎，看着他手里的枪口。

"怎么？"王虎冷笑道，"多藏了一把枪而已，还是你教我的呢。"

"不要脸的混蛋！"马龙满眼血丝，狂怒地大喝起来，"你竟然骗我！"

"抓住你，我就能升官，我就能继续做我的好警察，"王虎压低声音，显出一副旁人从未见过的凶残表情，"为了改变命运，荣誉、尊严、亲情我都抛弃了，脸能拦得住我吗？而你……"他抬起身来，叹了口气，"你扪心自问，我的朋友，为了改变命运，你有做到这一步吗？"

七　Clairew

三年后。

电梯里的王虎显得有些紧张，毕竟，这是他第一次进入监察军的重型武器试验中心。

从外观上看，这是一个建在地下 500 米的超大型防空洞，上层有整个卡奥斯城作为掩护，下面则有包括人工湖在内的模拟环境和众多维生设施，按照原设计规划，它可以容纳三十万人避难，或者让五千人生活上好几年。

但至少在目前，议会没有向公众开放防空洞的打算，恰恰相反，这里变成了世界上最大的秘密武器测试中心——当然，还能顺带进行实战模拟。

伴着一股怡人的新鲜空气，卡扎克黝黑的扑克脸出现在了电梯的门口。

"手机交出来，赶紧的。"

王虎眯了一下眼睛："我以为收到了高级官员的邀请，就能有一点优待呢。"

"请你来观摩已经是极限了，"卡扎克依旧绷着脸，一把夺过王虎递上来的手机，"别太为难我，老兄。"

王虎要观摩的东西，就安安静静地停在试验场的正中央——当然，用"趴在"来形容可能更为贴切。

虽说之前已经得到了一些小道消息,不过王虎在亲眼看到这台重型战斗机器人的时候,还是有点被吓到了。

"我的天!"他摸了摸脑门,看了看操作台前的技术人员,似是自语地小声道,"这玩意儿可真丑啊。"

"审美不同吧,"卡扎克耸耸肩,"……也许中国人喜欢这种类型呢?"

"你这叫种族歧视,我的地面行动指挥官,"王虎一声哼笑,"我外公就是中国人,纯的。"

在两人面前,那台重型作战机器人静静地趴着,像熟睡的婴孩般一动不动。四条粗短的机械腿贴住地面,中间则是一具圆胖的白色身躯,无论从哪个角度看,这东西都和蛤蟆有几分神似——王虎说得没错,它确实不怎么美观。

"那么,这就是中国人送给我们的新玩具咯?"

"嗯,送来这里进行最后的组装,"卡扎克踮了踮右脚,"卡奥斯城将提供包括魔脑作战控制系统在内的全部核心电子配件。"

"魔脑?"王虎眉头轻动,"我以为那是最高机密。"

"看到它头部中央的圆疤了吗?"卡扎克答非所问,"就是长得像风扇的那一块儿。"

"呃——头部?头部是哪边?"

卡扎克伸出食指,一边比画一边道:"那是俄罗斯人的未来武器,名称给打上马赛克了,你懂我的意思吧?"

"你的意思是,这肥青蛙集合了三个国家的尖端科技?"

"它不叫肥青蛙,它是TYPE2046'帝释天'——重型反坦克机器人,也可以叫作驱逐机甲。"

"用这破烂玩意儿反坦克?它的块头都和坦克差不多了。"

"为了击穿虎神坦克的蜂巢装甲,就必须搭载更强大的武器;为了驮得住这武器,就必须建造更大的平台。"卡扎克叹了口气,"军备竞赛就是这么回事儿,不是我们喜欢堆砌华而不实的高科技,是敌人逼着我们去做啊。"

"敌人?我还以为世界很和平呢。"

"哈!"卡扎克不屑地道,"你以为世界是怎么和平的?靠政客们握握手、吹吹牛吗?"

话音刚落,"帝释天"那肥硕的身躯突然抽动了一下,发出蜂鸣般的嗡嗡怪响。

王虎本能地向后撤了一步:"什么情况?"

"她醒了。"卡扎克瞥了一眼操作台上的计时器,"比预定的还早了五分钟,等不及了啊。"

"她"——应该不会是口误,王虎了解卡扎克,这硬汉这辈子好像还没口误过。

"谁在里面?"王虎用下巴朝前比了比,"难道是克莱尔那疯子?"

卡扎克露出极其难得一见的笑容:"你以为我为什么请你来?"

"哦不……克莱尔不适合做武器,你应该比我还清楚。"王虎捂着面门摇了摇头,"她太不按常理办事了,军队需要的首先是纪律,其次才是会打架。"

"没办法,她是监察军里最棒的武器测试员,"卡扎克仿佛是在谈论一个真人,"从 M 型的 GIRLS,到犀牛装甲车,再到航空队的尖端战斗机,克莱尔从没有失败过,她的储存器已经扩容了六倍,体型从一个鞋盒变成了一个冰箱——她是个奇迹,独一无二的奇迹!"

这个黑人大汉顿了顿,眼神中闪烁出一道半是期待半是兴奋的光芒:"我现在相信,如果这世界的战争有一天可以靠一件终极兵器来完结,那一定只能是克莱尔。"

"当年,我可不是为了打赢世界大战才阻止你枪毙她的,"王虎笑道,"她当时只是一台残废的女仆机器人——还记得吗?一部 C 型,鬼知道她能变成今天这模样!"

"没错,一部 C 型,民用型,"卡扎克耸耸肩,"如果不是我们,她现在可能还在灰烬酒吧里帮毒品大亨看门呢。"

"别忘了玛蒂娜,你的旧玩具,胸特别大的那个。"

"拜托那是标准配备,你了解我的,王虎,我对大胸没什么嗜好。"

突然,王虎收起了笑容,一本正经地自语道:"我在想,如果连机器人都能够改变自己的命运,为什么我们人不能?"

"啥?什么命运?"卡扎克斜了他一眼,"你想多了吧?"

"嗯,"王虎顽皮地撇了撇嘴,"也许吧。"

谈笑间,两人面前的"帝释天"忽然抖动了几下,腾的一声站了起来。

与趴着时臃肿懒散的模样形成鲜明对比，在闪光灯之下，它竟是如此威风凌厉、霸气十足，就好像传说中的麒麟神兽，仅仅是站着不动，就让人感觉到一股难以名状的压迫感。

翡翠色的巨型电子眼在颅槽中滑动一周，最终落在操作台的正中央：

"甜酒还是咖啡，先生？"

女孩的命运，早在分配生产序列号的时候就已经注定。不过，很明显，并不是每一个女孩都看过自己的序列号。